无与伦比的觉醒

夏榆 著

南京大学出版社

小引

"你将得到伟大事物的恩惠。"1902年,诗人里尔克在他的艺术札记《奥居斯特·罗丹》中写下这句话。2017年深秋,我在纽约旅行,在大都会艺术博物馆看到罗丹的雕塑作品《思想者》和《巴尔扎克》。站在这两尊青铜像前,里尔克的话语又浮现在脑海。

人的存在,更多时候是显现生命的脆弱,里尔克的箴言也因此令我有了新异感。美国之行的一个收获,是带回一尊缩小到50 cm的《思想者》。回到我在京郊小镇的寓所,将雕像置于书桌,与我从布拉格带回的卡夫卡,从中俄边境小镇带回的托尔斯泰,从甘南藏地带回的达摩雕像,以及从斯德哥尔摩诺贝尔博物馆带回的福克纳与加缪的肖像明信片,一起构成映照我的精神光谱。我愿意被这样的光谱照耀，它们以物的质感清晰标示出人在这个星球作为存在的维度。

多年来我习惯了在旅途中的生活。不管到哪里，每次出门时，我都会在背包里装上与旅行适配的书籍。乘坐飞机或高铁，我会从背包里取出书，读或不读都放在眼前。这些书是我最亲密的旅伴，它们经过我心灵的选择，经过漫长时光的淘洗，多年的辗转迁徙都不能与它们分离。翻开书页如同推开一道门，跻身语词构筑的空间，隐秘的心灵之径，奇异的精神景观，奥义无穷的人之存在，不断涌来。

"阅读是我们随身携带的庇护所。"我还记得英国作家毛姆的这句话。生活在现实世界，我们频繁看见生命的脆弱与世事无常。弥漫全球的新冠病毒，发生在不同国家间的战争，地区冲突和经济危机，如风云激荡。我们内心深藏的挫败、哀伤与痛楚，当然也包括欢欣与幸福，都属于个人的生命经验，然而阅读能带给我们超越现实的眼界以及抵御困厄的精神能量。经由有意义的阅读，我们得以更新内心生活，重构精神疆域。

感谢陈卓先生，是他的坚韧与敬业促成了这部书稿的出版。集结在书里的部分文章，是我在某段时间应约而作的书评。感谢朱天元先生,是他的锐见与具有创造性的工作使这些文字能以完整的思想面貌问世。

很长一段时间,认识那些杰出者的生命历史,勘察他们的生活遗迹,提炼他们的精神矿脉,是我的重要工作。T. S. 艾略特、帕斯捷尔纳克、索尔仁尼琴、加西亚·马尔克斯、乔治·奥威尔、苏珊·桑塔格、菲利普·罗斯、J. M. 库切,这些闪耀在20世纪人类文明史上的星辰,让我看到他们在自己的时代如何经历岁月的磨难,如何抵御人生的苦痛与精神危机,如何应对残酷的社会制度带来的人类灾难。

自由的智识生活,是我心仪与安享的生活。

古罗马皇帝哲学家马可·奥勒留将他珍爱的书籍视为对心灵的服务,我珍爱他在戎马生涯间隙写作的《沉思录》,也深知拥有能服务我们个人心灵的书籍的重要。阅读与写作的过程,就是在精神内部构建一个形而上的圣殿。那些真正的杰出者如同暗夜行路时的星辰,有光在我们头顶,脚下的路瞬间被照亮。

更多时候,那些贴近心灵的阅读会带给我精神的战栗,歌德说,"战栗是人性中最好的部分"。

目录

小引

库切：不进入深处，不能成为艺术家	001
彼得·汉德克：抵达终于一个人的状态	032
菲利普·罗斯：纽瓦克的英雄	043
亨利·米勒：无与伦比的觉醒	053
米沃什：良心的痛楚令我沮丧	067
乔治·奥威尔：脸上写着身体受苦的印记	081
艾略特：一位精神觉醒者的试炼秘境	090
马尔克斯：你属于我热爱的那个世界	100
乔伊斯：思想是痛苦涨潮时的救生艇	109
茨威格：苍白的马闯进人类生活	120
凯尔泰斯：从精神麻痹的队列里走出	135

三岛由纪夫：身体是个注满真空的花瓶	148
苏珊·桑塔格：在忧伤之谷，展开双翼	161
斯捷潘诺娃：我所构想的纪念碑早已落成	171
帕斯捷尔纳克：刹那的幸福与刺痛	184
索尔仁尼琴：一粒落入磨盘间的种子	197
帕慕克：我喜欢排山倒海的忧伤	217
纽约文学志	230
伏尔塔瓦河岸的倒影	244

库切:不进入深处,不能成为艺术家

1

1995年8月10日,英国诗人斯蒂芬·斯彭德爵士辞世,约瑟夫·布罗茨基追忆故友情义。1972年,布罗茨基被驱逐出境,流亡西方时受到诗人奥登和斯彭德的热忱照护,由此缔结情谊。

布罗茨基追忆自己做过的一个游戏:在伦敦的皇家咖啡馆,他邀请斯彭德夫妇聚会,餐叙时,以赛亚·伯林与他们同席,他们列出一份"本世纪最伟大的作家"名单——普鲁斯特,乔伊斯,卡夫卡,穆齐尔,福克纳,贝克特。但这份名单只到1950年代为止,八十高龄满头银发的斯彭德问布罗茨基:"如今还有这样的作家吗?""约翰·库切或许算一个,"布罗茨基回答,"一位南非作家,或许只有他有权在贝克特之后继续写小说。"斯彭德问:"他的名字是?""我找到一张纸,写上库切的名字,并加上《迈克尔·K的生活与时代》。"布罗茨基在发表于《纽约客》的祭文《悼斯蒂芬·斯彭德》中写道。

2003年10月,J. M.库切获得诺贝尔文学奖。瑞典学院常务秘书霍拉斯·恩达尔(Horace Engdal)在宣布这一消息时说:"我们都确信他在文学方面所做贡献的持久价值。我不是指书的数量,而是种类,以及非常高的水准。我认为,作为一名作家,他将继续被人讨论和分析,我们认为应该将他纳入我们的文学遗产。"瑞典学院在正式的报告中说:

> 库切的小说以结构精致、对话隽永、思辨深邃为特色。然而,他是一个有道德原则的怀疑论者,对当下西方文明中浅薄的道德感和残酷的理性主义给予毫不留情的批判。他以知性的诚实消解了一切自我慰藉的基础,使自己远离俗丽而毫无价值的戏

剧化的解悟和忏悔。

我对瑞典学院并不陌生,有三年的时间我曾在隆冬之季前往那个昼短夜长的北欧之国。一幢位于斯德哥尔摩老城的城堡般的建筑,昔日是证券交易中心,后来成为瑞典学院所在地。走进瑞典学院大楼,踩着石阶或乘老旧逼仄的电梯,可进入大楼的任何一处。我进入过瑞典学院的会议厅,那里围着一张长桌摆放着18张宫廷式座椅。拥有18位院士的瑞典学院只有15位参与日常工作,诺贝尔文学奖评选委员会就由部分院士组成。评委会给库切的颁奖词堪称一个作家所能享有的最高荣耀:

> 库切的作品是丰富多彩的文学财富。这里没有两部作品采用了相同的创作手法。然而,他以众多作品呈现了一个反复建构的模式:盘旋下降的命运是其人物拯救灵魂之必要途径。他的主人公在遭受打击、沉沦落魄乃至被剥夺了外在尊严之后,总是能够奇迹般地获得重新站起来的力量。

此刻，我想到布罗茨基，他是库切杰出的知己。或许是心存感激，库切在 2002 年出版的小说《青春》中写到他对布罗茨基的追念。梦想成为诗人的青年库切从南非来到伦敦，过着居无定所的生活。他在忙碌的谋生间隙，唯一的盼望就是回到房间，打开收音机听 BBC 第三套节目。在"诗人和诗歌"系列里，库切听到布罗茨基的访谈。当时被控告为"社会寄生虫"的布罗茨基被判在冰封的阿尔汗格尔斯克半岛服五年苦役，其时仍在服刑。在伦敦，库切坐在温暖的寓所里，喝着咖啡，咬着有葡萄干和果仁的甜品时，一个和他同龄的人，在整天锯圆木，小心保护着长了冻疮的手指，用破布补靴子，靠鱼头和圆白菜汤活着。

"黑得像缝衣针的里面一样。"布罗茨基在一首诗中这样写道。"他无法从心头驱赶走这行诗，如果他一夜又一夜地专心致志，如果他能够以绝对的专心迫使灵感恩惠降临到他头上，他也许可能想出什么可以与之匹配的句子来。"库切的《青春》叙事，尽显他在漂流的困顿中对诗人的挚爱。

"仅仅在从广播中听到的诗歌的基础上，他了解了布罗茨基，彻彻底底地了解了他。这就是诗歌的力量。

诗歌就是真实。但是布罗茨基对于在伦敦的他只能是一无所知。怎样才能告诉这个冻坏了的人,他和他在一起,在他的身边,日复一日,天天如此?"在浩渺的宇宙之间,两个相距遥远的人,心灵联通,穿越时空。

2021年10月5日午夜,我重新阅读库切的《青春》,在第十一章中找到一个细节,并被这样的叙事震动:

> 约瑟夫·布罗茨基从颠簸在欧洲黑暗的海洋中的孤筏上将他的诗句释放到空气之中,诗句随着电波迅速传到他的房间里。他同时代诗人的诗句,再一次告诉他诗歌可以是什么样子的,因而他自己可以是什么样子的,使他因为和他们居住在同一个地球上而充满了欢乐。

2

1970年1月1日,30岁的库切把自己锁在位于纽约州布法罗市帕克大街24号地下室的住所里。他在新年许愿中发誓,如果写不到一千字,就绝不出门。他坚持每天写作,直到完成一部小说的草稿,这就是长篇小说《幽暗之地》的雏形。

库切身上的外套和脚上的棉靴说明房间没有暖气。他用黑色圆珠笔在横格纸上写作,《幽暗之地》的手稿被永久保存在德克萨斯大学奥斯汀分校哈利雷人文研究中心。由《越南计划》和《雅各·库切之讲述》组合而成的《幽暗地带》,是纽约布法罗时期给予库切的馈赠。

2017年10月,我到纽约旅行时带着《J. M. 库切传》,仿佛是循着库切的踪迹在美国游走。我知道他曾经在布法罗大学就职,尽管纽约城与纽约州在地理意义上不是一个概念,但仍然觉得距离库切的生活遗迹更近了一点。

洛杉矶尔湾建有尼克松纪念馆,进入这位因水门事件被弹劾下台的前总统纪念馆,1960年代末美国陷入越战泥潭引发的巨大危机就在眼前。拍摄于越南战场的血腥镜头、全美民众发起的浩大抗议,大学校园出现的反战示威,这些历史影像记录着逝去时代的风云,印证着昔日的战争创伤。

1968年,库切想在美国高校申请更高的职位,他的一位老师告知布法罗可能有空缺。布法罗是纽约州的一个海港城市，位于伊利湖附近、尼亚加拉大瀑布以南约24英里。即使每年有长达四个月的冰冻封港期，仍是大湖航运中心。这一年注定是动荡而血腥的，总统约翰逊·肯尼迪的兄弟罗伯特·肯尼迪——未来可能的总统候选人以及黑人活动家马丁·路德·金被暗杀。在东欧，发生了"布拉格之春"（Prague Spring）运动，亚历山大·杜布切克（Alexander Dubček）尝试进行政治改革，希望缓和与西方的关系。在美国，60年代中后期的社会改革尝试导致纽约和底特律爆发种族骚乱，1969年，塞缪尔·贝克特获得诺贝尔文学奖。

1967年初，越来越多的美国人反对越战政策，校园里反战情绪激烈，骚乱不断。随着战争升级，布法罗校区几乎每天都出现冲突，有针对战争的抗议，也有对布法罗大学当局的不满。1970年，库切在布法罗被捕，但并不是因为参加反战示威活动。当时，纽约州立大学布法罗分校的校长请数百名警察驻扎在校园，而校长本人则从办公室撤退到一个秘密地方。库切和40多位教师静坐抗议，结果被捕。此次事件是库切职业生涯的一个转折点，扼杀了他留在美国的机会，同时开启了他的写作生涯。"在静坐事件之后，我在布法罗教书一直到

1971年5月。和45人中的其他人一样被撤回指控,但是因为我的违法案底(尽管后来上诉成功),我的签证在移民和入籍当局看来极为复杂。我的再入境签证被撤销,使我不得再回美国。很大一部分是因为这个原因,我在1971年决定辞职,并离开了美国。"

库切由此开始了他第一部长篇小说《幽暗之地》的写作。他将《雅各·库切之讲述》的手稿寄给了总部在纽约的詹姆斯·布朗文学代理公司。从一开始他就明确要将自己的作品投入国际市场,他不想被定义成一位来自殖民地的作家。《雅各·库切之讲述》曾被四家出版社拒绝,后来丰富为《幽暗之地》的原稿也被多家出版社拒绝。

"生活没有安慰,没有尊严,没有仁慈的承诺,我们所面临的唯一的责任——尽管莫名其妙又很徒劳,但仍然是我们的责任——是不要对自己撒谎。"这是库切2007年在文论集《内心生活》中对他的文学榜样塞缪尔·贝克特的阅读鉴识。每个作家都有自己的榜样,库切青年时就开始大量阅读贝克特的作品并深受影响。2007年他在《纽约书评》发表关于作家和书籍的真知灼见,这些文字集结为《内心生活》。

1969年，库切被授予博士学位，博士论文标题就是《塞缪尔·贝克特英文小说文体研究》。为了能够引述贝克特的《徒劳无益》，他在1968年3月19日写信给查托温达斯出版社。出版社要求库切标明需要引用的部分，否则拒绝许可。库切收到回信后，告知了确切引用的部分，出版社回函允许他将贝克特的部分内容放在论文的附录部分，但有一个附带条件——如果以后库切将博士论文出版，需要再次征询他们的意见。贝克特对版权的保护可以从出版社给库切的信里所引用的贝克特的要求中看出："允许你引用（最多十次），每次不可以超过十行（以查托温达版为准）。"这让库切第一次体验到一位著名作家是如何严格保护自己的著作权的，并引导库切学会如何保护自己的创作权益。更重要的是，贝克特的美学原则和世界观对库切产生了至关重要的影响，一如普鲁斯特、卡夫卡、托尔斯泰、陀思妥耶夫斯基对他的影响，构成了库切的文学精神传承。

3

库切的自传三部曲《男孩》《青春》《夏日》及其总题"外省生活场景",令人想到托尔斯泰的三部曲《童年》《少年》《青年》。作家罗斯玛丽·埃德蒙兹(Rosemary Edmonds)对托尔斯泰企鹅版三部曲的评述,也是库切的自况:

> 当他还是一个 19 岁男孩的时候,托尔斯泰就向自己的笔记本倾诉,他想彻底了解自己,从那时到 82 岁去世,他一直在观察和描述着自己的灵魂状态……这并不是对知识的好奇,也不是对智慧的渴求。能够让托尔斯泰一生持续观察并记录的原因是对死亡与虚无的绝望和恐惧。

1970 年代,库切回到了他一直想要断绝关系的南非。早在 1962 年库切在伦敦开始计算机程序员的工作时,他的祖国通过了阴谋破坏法(the Sabotage Act),限制黑人的政治活动,阻止英语校园的学生与学者参与涉嫌煽动叛乱或颠覆国家的活动。这一法案给了司法当局无限的权力，可以不经审判拘留犯罪嫌疑人，对其进行审讯并施以酷刑。不少被拘留者是库切早年认识的大学同学，许多人被羞辱、折磨和单独关押，有些人则永久离开了南非。库切在《双重视角》中写道："黑暗的、外人不得进入的禁室，本质上是小说幻想的起源。在制造这些卑劣行为、增加神秘的过程中，国家本身在不知不觉中为小说的再现创造了先决条件。"库切的《等待野蛮人》，讲述的就是酷刑室给一个有良知的人带来的冲击。

这部小说写于1977年9月20日，早期版本是在开普敦大学的考试用纸上撰写的。小说先后有三个版本，也是库切辗转生活的写照。开始写作的时候他在开普敦，写作过程中他已到了美国，先是在德克萨斯大学，后在加州大学伯克利分校讲学。

1980年，《等待野蛮人》出版。故事的讲述者没有名字，他在帝国的边境做治安行政官。作为帝国官员，他履行职责，维持治安与法律，但他同时也是一个老人，希望在边境上和平地生活。小说一开始，乔尔上校来到边境小城，他是从帝国首都国防部第三局派来的，这个安全警察就像盖世太保或克格勃。乔尔是堕落的政治制度下人性扭曲的原型,他声称野蛮人正准备反抗,发起了对他们的突袭,逮捕游牧民,审问并折磨他们。《等待野蛮人》成为种族隔离时期南非暴行的一个寓言。

> 他要等到数十年辛苦写作之后,才终于像普鲁斯特那样明白他一直都是知道他的真正题材的。而他的题材就是他自己——他自己和他作为一个在一种不属于他(他被告知)和没有历史(他被告知)的文化中成长的殖民地人,想在世间找到一条出路所作的一切努力。既然没有良好的条件,他必须自己在世界上闯出一条路来。

这是南非作家J. C. 坎尼米耶在《J. M. 库切传》中的评述。消瘦的身材,花白的胡子,低沉的声音,戴着角质眼镜,有着沉默寡言的风范和清心寡欲的外观。多年来,库切用沉默和拒绝来保护自己不受外界入侵,记者的采访是困难的,他的私人生活处于公共领域之外。他离异,和他的两个孩子——尼古拉斯和吉塞拉住在郊区的房子里。他的伴侣多萝西·德莱弗有自己的住处,而不是总和他住在一起。他是素食主义者，1980年代被诊断患有乳糖酶缺乏症，不能吃任何奶制品。当他罕见地出现在社交场合时，他宁愿站在一个角落里跟人说话。

我对库切的阅读有着漫长的时间，最初是《夏日》，讲述他的生活，他的写作，他的情感和欲望，他的挫折和失意。这是一部幽暗荒凉的书，也是进入库切的内部世界、勘查他的精神景观的一个文本。

库切的工作是研究世界，然后书写。他的写作是一场探索存在性的浩大工程。库切在中国出版的所有著作——长篇小说及文学评论集，每一部我都很喜欢。如沉痛挽歌的《彼得堡大师》，冰冷的《铁器时代》，对脆弱人性勘察入微的《迈克尔·K的生活与时代》，对邪恶和非正义直抒胸臆的《凶年纪事》，残酷而哀伤的《耻》以及驱除虚火、波澜不惊的《耶稣之子》，这些作品都令我感到库切叙事之精准与出神入化，体会到库切写作独有的冰冷美感和残酷诗意。包括文论集《内心生活》《异乡人的国度》，更可窥见他对写作的理想和信仰。

然而，我的阅读对于理解库切的价值还嫌不够，中文世界的库切依然过于简化,直到 2017 年 10 月读到《J. M. 库切传》。这是在更广阔更深入的背景下对一个杰出作家的精神考察,也是在更多元更开放的语境下对一个优秀知识分子心灵的呈现。最重要的是我由此看到一个杰出小说家应有的道德维度和人格标高。

4

"您已经找到了一种方法谈论特定的历史所发挥的力量,同时又不局限于单一的时间或国家。您仔细地观察压迫、残酷和不公正,并教会读者如何看待自由以及试图表达自由的困难。"1996 年 5 月 31 日,南非开普 300 周年基金会将 1995 年的奖颁给库切,以表彰他为文学做出的贡献。同年,他获得纽约斯基德莫尔学院的名誉博士学位。在颁发仪式上,致辞人罗伯特·博伊斯(Robert Boyers)教授说:"J. M. 库切是一位小说家、政治思想家、评论家、理论家、语言学家和权力解剖学家,既有风格又有知识分子的勇气。"

2003 年,瑞典学院将诺贝尔文学奖授予库切,他的前同事,芝加哥大学社会思想委员会乔纳森·李尔教授说:"J. M.库切是我们这个时代的一位伟大作家,同时也是世界上伟大教师中的一员。在典范和见证的传统下,他教导我们怎样阅读一本伟大的书,教我们更清晰地认识人类灵魂。"

对诸多嘉奖和盛名带来的光环,低调隐忍的库切安然处之。"从概念上来讲,文学奖属于这样的时光。作家仍然能凭着他的职业被视为智者,虽然不属于任何机构,却能就我们时代和道德生活提供权威的言论。"在接受记者访问时,库切说:"将作家视为智者的想法如今不复存在。否则,扮演那样一个角色一定让我不自在。"

库切在获得诺贝尔文学奖后,越来越不愿意出席学术会议。他拒绝世界各地的讲座邀请,终止与芝加哥大学每年教课三个月的协议,拒绝墨西哥总统亲自发出的参加国际艺术节的邀请。"如果我认为与一年前相比,我现在突然成了一个更好的作家,这将是非常愚蠢的。换句话说,我最好脚踏实地,别被冲昏了头脑。诺贝尔奖获得者命中注定不再是作家,而成为巡回演说家。我决定避免这样的命运。"库切对访问者说。

然而,库切仍保持着对国际事务的关切,以显示他身为知识分子对国际正义所持的立场。在接受2005年斯坦福大学春季学期（4—5月）的邀请后，他告诉邀请方，如果乔治·布什在2004年11月再次当选总统，他就不会去。其时，美国发动了伊拉克战争，反战浪潮在欧美风起云涌。2005年的诺贝尔文学奖授予了英国剧作家哈罗德·品特，库切应邀发表感言表达对品特的欣赏，而品特在他的文学演讲《艺术、真相与政治》中严厉批评了以乔治·布什及布莱尔为首的美英政客发动伊拉克战争。

伊拉克阿布格莱布监狱的美军虐囚丑闻令库切深感震惊。2004年6月14日，访问斯坦福大学后，他写信给朋友："我前两个月在美国，在斯坦福大学。我觉得这次访问令人不安。首先，美国正在变得越来越像被小心翼翼守卫着的堡垒。其次，我接触到的每个人几乎都心情阴郁，在阿布格莱布丑闻爆发后，更是充满了羞耻感。"

2017年10月8日，我应邀到美国斯坦福大学东亚图书馆访问，并发表演讲——"喑哑之年：我失败的小说家生涯"。我隔空向库切表达敬意，因为库切曾在这所大学驻校，这使我对斯坦福大学没来由地感到亲切。

库切早年就反对南非的出版审查制度，他的小说《内陆深处》获得1977年的CAN奖，他在获奖感言中讲述了审查制度之下南非作家的辛苦应对："一个人花大量精力去写一部作品，然后接受一些对此毫无兴趣的人的审查，这是一件让人羞耻的事。"反对文学或个人自由受到威胁，是库切的一贯立场，他在力所能及的范围内帮助其他作家，通过签署各种请愿书推动受到独裁政权压迫的作家的写作事业。2004年，库切与其他14位诺贝尔奖获得者一起签署了一份请愿书，要求释放被监禁的缅甸作家。2008年，库切和戈迪默加入了为米兰·昆德拉辩护的作家行列。他还反对南非非国大政府不顾盟友南非工会大会的反对，力图在议会通过媒体立法草案，此事表明库切对祖国南非的持续关注。

"他是一个正直诚实的人，一个令人难以置信的勤奋的人。他不遗余力地发挥与运用自己的天赋。关于《耻》，他的手稿版本多达14个。这让人看到，作为一个作家，他对自己的要求有多高。他也是一位注重隐私和沉默寡言的人。他经历了这么多的不幸，还能坚持住，并继续他的工作。"坎尼米耶在《J. M. 库切传》里的话，让我深有同感。

5

"你们应该知道真相,真相使你们获得自由。"2008年,库切借用《新约·约翰福音》里的话表达对虚构文体所涉及的真相的看法。《约翰福音》的原句是:"你们必晓得真理,真理必叫你们得自由。"

《好故事:关于真实、虚构与心理治疗的对谈》(文敏译)是小说家库切与英国心理学家阿拉贝拉·库尔茨的对话。这一次,库切放弃了他擅长的虚构文体,舍掉了造诣精深的理论言说,进入陌生的心理学,与精神病理专家探寻他所关切的问题。"虚构与真实""创伤与记忆""创造的激情与隐秘的生物基因""书写与治愈",他们如同临床医生,一次次剖开这些重要命题。这是一场极具专业性的讨论,普通读者需要一些心理学知识才能理解话题所及的要义。

我尤为感触的是库切对阅读的鉴识。"死的阅读与活的阅读",这是他的划分方式。"有一种死读书,也有一种活读书。死读书,那些词语在书页中从来不会产生意义,这是许多孩子的阅读体验,如他们自己所说,那些孩子从未养成阅读的习惯。通过死记硬背的方式来学习，也不是不可能，但这本身是一种苦闷的、索然无味的体验。"

对阅读的鉴识也适宜任何成年人，库切分析道："活的阅读，会像一种神奇魔力，一下子把你击中。它包括用你自己的方式走进去，聆听书页里发出的声音，那是对方的声音，沉浸在这声音里，你可以从外部对自己说话（你的自我）。于是，这个过程就成为一种对话，尽管它只是内心的对话。这是作家的技艺，这种技艺现在已无处可学，虽然还能被捡起来：创造一个形象（一个会说话的幻影），提供一个人口，让读者沉浸于这幻想之中。"

阅读是对人心灵的开掘，就像写作能治愈人的心理隐患，阅读对人的精神暗疾也具有疗治功效。好作家是慰藉，好故事是灵药。如同心理学家舒尔茨在言及她读库切的小说《夏日》时的体会："我们不能完全通过他人来了解自身——我们通过感受他人的方式，我们自身亦在与他人的关系中，这也是他人感受我们的方式。"

6

库切的前半生是在南非城镇度过的。他的国家曾有过最野蛮的社会制度——种族隔离,他见证并亲历了很多暴行。青年时期的库切旅居英美,为谋生,为艺术理想,过着飘零的生活。

作为前工业时代的矿工、昔日的漂流者、如今的自由写作人,我与库切有着较深的契合。因为出生并成长于矿区,幽暗是浸染我身心的颜色。青年时期迁徙京城,有过多年的漂泊生涯。我所亲证的黑暗已不再限于外省矿区和漂泊生涯,它是更广大世界的某种境况。而今,作为一个在中国从事自由写作的人,我有着纷繁的失败经验。我与库切相似的心灵体验还包括对挫折的体察,对孤独的感知,以及对外部世界的疏离,这是我们共有的精神基因。

"他的每一次叙述都始于人物向下沉降的命运,如同一份追踪地下生活的报告,仿佛只有在这幽暗冷漠的国度,才会见证我们时代的隔离,以及它那些荒芜灵魂的悲喜剧。"这段文字出现在《夏日》里,被我用碳素笔画过并反复记忆。这些话语如同密林中的幽径，我沿路而行，抵达某个隐秘之境，那是小说家库切的精神疆域。

库切在很多时候是映照我的精神光谱，我需要他在内心的陪护。虚实相间，迷离人生，《夏日》是一个伟大小说家的自我史，是一场充满文学快感的小说游戏。最初读到《夏日》是在2012年冬，我刚辞职，结束了持续十年的新闻职业，在这个冬天遇到《夏日》对我是个安慰。当时的我与这位前南非作家并无多少交集，只是知道他获得诺贝尔文学奖的消息。

2021年9月29日傍晚，我回到京郊寓所，在书架上找出我在2012年买到的《夏日》，令我惊奇的是，书籍中在不同纸页间夹了三个浅蓝色铁夹，每个铁夹都夹着我写下的数十页阅读笔记，这于我是少有的认真阅读。对《夏日》的喜爱，开启了我的库切阅读之旅。

《夏日》无疑是一个好故事，充满游戏与讽喻气息。睿智而诚实，缓慢而精致，机锋遍布又情感真挚。小说的主人公——青年库切，仿佛幽灵般的存在，游离于世界边缘。库切是一个与外部世界疏离且艺术精湛的作家，这是令我尊敬的品质。有同类品质的作家都是我喜欢的,比如普鲁斯特、贝克特、乔伊斯、格里耶。有这样的偏好也是因为我当时正处于失业的困顿中,辞职之后全心侍奉自由的文学写作,然而写出来的作品无人问津,饱受冷遇。这样的个人境况使我对库切书写的困境有着切实体会,译者王家湘先生对库切的解读令我感同身受:

> 破裂,沉入生命冰凉的残渣。库切带着这种感觉去描写事物,讲述自身的故事,体味那种孤独的命运,恰恰因为这个就是他的命运,去寻找他破裂的生活中值得一写的东西。他用质朴细腻的语言叙述,平稳的笔触带着层积递进的效果,其尖锐的叙述有时诚实得让人心里打战。

7

隐逸而勇敢,仁慈而坚韧。这是我欣赏的人的精神气质,也是库切的性格特征。

库切重要著作的中文版在中国都能找到,这些年他的虚构和非虚构作品多有出版。《幽暗之地》是一本有关残忍的书,揭示了各种形式的征服中的残忍。"幽暗"的光线是我所熟识的,它是我与库切共同的精神背景。

出现在库切小说里的父亲形象带给我亲近感,《夏日》如是,《幽暗之地》也如是。这让我想到自己的父亲,一位前半生有着军旅生涯,穿越血雨腥风幸存下来的老兵,转业到矿区后过着平民生活。

读过《夏日》和《幽暗之地》,我开始寻找库切著作的其他中文版:《男孩》《青春》《铁器时代》《凶年纪事》《迈克尔·K的生活与时代》《耻》《彼得堡的大师》。对一位作家的热爱,源自心灵的选择,它是内心的契合与印证。

"写作作为祈祷的方式。"阅读库切,我想起了卡夫卡日记里的话。库切的作品是对卡夫卡信念的印证。他的小说《迈克尔·K的生活与时代》,灵感源于对卡夫卡文学世界的洞察。杰出的写作是对人类精神的质询,是对自我的探测,是和神明的对话,它与时间同构,并呈现出超越肉身的永恒性。在小说里,它不能只是一些事物的轮廓,一些故事或情节的概述,它在结构上如同精美的建筑,在叙事上如同自然涌动的江河,它的推进自然又精妙。

库切是幸运的，依靠精妙的写作技艺，他赢得了光荣和赞誉，也赢得了世人普遍的尊敬。

诺贝尔文学奖的加持自然是库切的光环之一，然而很长时间里库切都自我命名为"黑暗之子"。他是白种人，却长期生活在种族隔离制度下的南非，社会的动荡、人性的挣扎是他人生经验的一部分，也是他书写的重要题材。

库切对家族史的书写，只是他对国家记忆书写的一部分。个人与国家的紧张关系，以及个人对国家现实的反省式审察，在库切的小说里随处可见。他的小说更像是政治寓言，一种艺术精湛的政治寓言。

在这个世界上，你还能上哪儿去找一个把自己藏起来不受玷污的地方？难道跑到白雪覆盖的瑞典，远离千山万水从报章上了解他的同胞和他们最新的恶作剧，能让他感觉好些？怎样逃离污秽，这不是一个新问题，这是一个该死的老掉牙的问题——它不放过你，给你留下恶心的化脓伤口与良心的自责。

8

"你自己也应该去做心理治疗。"她嘴里喷着烟对他说。

"事实上他做梦也不会想到要去做心理治疗。心理治疗的目的是让人幸福。这样做有什么用?幸福的人太乏味。最好还是接受不幸福的重负,试图将它转变成有价值的东西,诗歌、音乐或绘画——这是他的信念。"

这是有关精神疾患治疗的对话。渴望成为诗人的青年库切周旋于跟女友错乱的情欲之中。库切在《青春》里写到情感纠缠带来心灵的鏖战与折磨。

"他在证明着一点,每个人都是一座孤岛。"我反复阅读着青年库切的独白:

> 能够治愈好他的东西,如果来到的话,那将会是爱情。他也许不相信上帝,但他确实相信爱情和爱情的力量。那个他所爱的人,命中注定的人,将

会立刻透过他呈现出的怪的、甚至是单调的外表，看到他内心燃烧着的烈火。同时，单调和样子怪是他为了有朝一日出现在光明之中——爱之光，艺术之光——所必须经过的炼狱的一部分。因为他将会成为一个艺术家，这是早就已经确定了的。如果目前他必须是微贱可笑的，那是因为艺术家的命运就是要忍受微贱和嘲笑，直到他显示出真正的能力让讥笑和嘲弄的人不再作声的那一天。

迄今为止在我欣赏的作家中，库切无疑是最好的导师和职业小说家的典范，值得终生阅读。2021年9月3日，我在《青春》的扉页上留下一句题记："杰出作家都有他们的精神传承。"库切的"外省场景生活"三部曲的诞生受到列夫·托尔斯泰《童年》《少年》《青年》的影响；对库切产生重要影响的有作家贝克特，更早的还有卡夫卡和陀思妥耶夫斯基。在《青春》中，库切再次引入对他的精神产生深刻影响的诗人庞德和艾略特，那是他人生的榜样，也是医治他精神暗疾的灵药。

"埃兹拉·庞德一生多数时间都遭受迫害：被迫背井离乡，后来又被禁闭，然后第二次被驱逐出祖国。虽然被打上了疯子的标签,庞德却被证明是一个伟大的诗人。庞德听从了自己的保护神,将一生献给了艺术。艾略特也是,虽然他的痛苦更多属于个人性质。艾略特和庞德过着悲哀的、有时是耻辱的生活……"诗人庞德和艾略特对库切的精神影响之深,使他后来写出《何谓经典》的演讲词。

耻辱,这是库切频繁使用的一个词,如同幽暗与失败,同属于他贴身的词语。再读《青春》时,我已研读过艾略特的诗集《四个四重奏》,并反复读过《不完美的一生:艾略特传》,那是一个伟大诗人同样伟大的传记,在此之后重读《青春》,就更加懂得库切的深义:

> 和庞德和艾略特一样,他必须准备好忍受生活为他储备的一切,即使这意味着背井离乡,微贱的劳作和诽谤。如果他没有能够通过艺术的最高测验,如果最后证明他毕竟不具备这份神圣的天赋,那么他也必须准备好忍受这个结果:历史的无情裁定。生存的命运,不管他所有的今天和未来的痛苦,都是次要的。许多人受到感召,很少人为神所选中。每一个大诗人的周围都有大群的次要诗人,

就像围着狮子嗡嗡飞的蚊虫。

在无数个由失败带来的幽暗时刻，阅读库切，使我看清人性的真相，洞悉从事艺术创造即为某种献祭，亘古如是。

9

"他一直是我的老师，是种族隔离最黑暗的日子里道德的指南针。"在世间的赞誉中，库切的学生安妮·兰兹曼（Anne Landsman）的评价别有意味。

无疑，库切的存在提供了文学的尺度，他的写作显现出杰出小说家的职业维度。

打开一本书就是打开一个世界，那里如森林之浩瀚，如大海之深邃。阅读不是娱乐和游戏，而是求证和诘问。库切让我们看到真正的文学有着怎样的品质，杰出的作家有着怎样的样貌。

早年的库切写过一部夭折的小说《焚书之火》，他详细考察过南非的出版审查制度，他关心的是审查制度会怎样影响自己的写作生涯。库切在小说《等待野蛮人》中写道:"所有的事情都相互关联,当国家的正义秩序坍塌时,它在人民心里也就土崩瓦解了。"

作为作家的库切如丰饶之海,而使我得以在更广阔的思想视域观看他的是两本传记——《J. M. 库切传》和《与时间面对面:用人生写作的 J. M. 库切》。前者是由 J. C. 坎尼米耶撰写的一部 645 页的巨著;后者由大卫·阿特维尔撰写,聚焦库切的手稿以及写作秘辛。两部传记侧重点不同,却都在叙述一个杰出作家是如何炼成的。

  库切身材消瘦,但很精神。过早花白的胡子,戴着角质眼镜,低沉的声音,有着沉默寡言的风范和清心寡欲的外观。多年来他用沉默和拒绝对公众谈论自己来保护自己不受外界的入侵。他的私人生活,不论是在国外,还是在南非国内,都处于公共领域之外。当他罕见地出现在社交场合时,他宁愿站在一个角落里,仅同一个人说话。库切是一个有着僧侣般自律和奉献精神的人,他很少接受媒介访问:"我的抵制不仅仅是保护一种幽灵般的全能。写作不是自由的表达,而是一种真正意义上的对话：要唤醒自我中的和音，然后与之言说。"

我愿将库切的肖像定格在这幅画境中。《J. M. 库切传》是在全球语境下对库切的一种讲述，它让我看到一个杰出作家的品质，看到壮阔的人性的海洋，看到他灵魂的质地，看到他的文学传承与写作技艺，也看到他对公共事务的热忱介入。

与时间面对面，是库切得以沉潜文学志业的缘由。他在手稿上都仔细标注了写作日期和修改时间。他将手写稿和打印件一字一字地校正，在电脑上逐词逐句地重新录入，每部作品有14个版本的草稿都是家常便饭。

> 他一直坚持自我的自由，他也没把自己看作是一位南非作家，而是一个在世界范围内的写作者，他所效忠的是小说的话语，而不是南非的政治话语。他的作品已被描述为严肃、复杂和辉煌的，是智慧、道德与审美的结合体。带着决然与宽恕，库切带给读者的是理解的冷静慰藉。他勇敢而不妥协的写作丰富了我们，也给我们带来挑战，迫使我们面对自己和我们所在世界的真相。

我更记得库切在《青春》里对内心在困境中鏖战的描写,那是更为痛彻的体验,也是炼狱中的淬炼。

经验,这是他在为自己辩护时很想用的一个词。艺术家必须尝试一切经验,从最高尚的到最有失身份的。正如艺术家命中注定要经历最极致的创造的快乐,他也必须准备好承担生活中的一切不幸、悲惨和耻辱。

彼得·汉德克：抵达终于一个人的状态

1

栗色长发夹杂着银丝，高企的额头，镜片后沉静而冷郁的眼神。独立不羁是奥地利作家彼得·汉德克出现在公共场域时的形象，媒体也愿意如此塑造这位2019年诺贝尔文学奖获得者。然而，汉德克外表的傲岸难掩其内心的退隐和孤独。

"打开厕所门需要一个先令硬币，当我关上门时，我才会感受到某种安全感或者安然无恙。我放松地躺在瓷砖地面上，把旅行袋当枕头。"这是汉德克在《试论寂静之地》这部以"反小说"为标签的作品中的描述，也是汉德克从少年时期开始寻找精神庇护所的独白。火车站厕所隔间内部狭小，四肢难以伸展，他头靠着后墙，双腿绕着马桶蜷缩成一团。厕所灯光明亮，整晚开着。他身上盖着衣服，然后取出随身带的书，那是托马斯·曼的《布登勃洛克一家》，或是托马斯·沃尔夫的《天使，望故乡》。

对精神庇护所的需要和寻求，是汉德克的虚构文本中随时可见的。庇护所是人人都需要的，无论生活在怎样的国度，身处怎样的文明。然而汉德克寻找的庇护所是别样的，它们在各种公厕，在教会学校，在火车站，在墓地和火车隧道的壁龛，这些都是他栖身的寂静之地，是独属于他的私隐空间。在那里，他躲避外部的喧嚣，独对自己的心灵，沉思或缅想。

在《试论寂静之地》中，汉德克讲述了寻找精神庇护所的过程。那些教会寄宿学校的新生，来自最偏远地方的野孩子，伫立祈祷，那是人与上帝告解的时刻。祷告时间漫长，少年汉德克想去厕所，在那宽大的曲里拐弯的大楼里，他没有找到厕所。等他终于结束祷告坐下来的时候，尿液失禁。尿液流在城堡那被许多吊灯照亮的古老的石板地上。这样的写作很有渎神的意味，却写出了他的不信任以及不能将身心交付上帝的疏离感。在忏悔室的黑暗中，人在告解时良心变得轻松，然而汉德克的诘问是："那时候，良心究竟是什么？"在教会寄宿学校那些年，厕所（不仅是学校的厕所）意味着一个可能的避难所。

对庇护所的寻找是为了抵御精神的疲倦感。这疲倦感是现代人普遍体验到的"丧"，或厌世，或疏离。在《试论疲倦》里，汉德克列举了那些困扰心灵的种种疲倦状态。疲倦本身和罪恶联系在一起，甚至因罪恶感而加重，成为急性疼痛，令他感到羞耻。这样的疲倦感使汉德克自少年时就变得反叛，与人群格格不入。

2

疲倦或疏离感伴随着汉德克的生命旅途，他体验着各种形式的疲倦：居所里的疲倦，喧嚣都市里的疲倦，身处边缘之地的疲倦。汉德克说："这样的疲倦燃烧尽了我们的语言能力，我们的心灵。"他还感受到更大的疲倦："这同时也是我最后一个人的图像，在其最后的时刻，在宇宙的疲倦中取得了和解。"

人的内心有可能获得和解，但世界并不会因此而和解。一个长久萦绕心头的景象让汉德克深感痛楚：1999年春天，北约轰炸南联盟，在贝尔格莱德西北部城市巴塔尼卡的一间出租房里，一个小女孩晚上去厕所，被一块穿过厕所墙壁的炸弹碎片击中身亡。

南斯拉夫解体与波黑战争是汉德克长久关注的事件，他不断进入战乱之地旅行，同时发表他与主流舆论相异的旅行观察。美国作家苏珊·桑特格1994年穿梭波黑战区，访问萨拉热窝，在北约轰炸过的战乱区排演贝克特的戏剧《等待戈多》。桑塔格担任记者的儿子大卫·里夫也去过萨拉热窝，还出版了报道集《屠宰场》，记录波斯尼亚族的大屠杀。1999年在北约空袭塞尔维亚之际，汉德克再次穿越塞尔维亚和科索沃旅行，实地考察战争实况，并发表旅行记《多瑙河、萨瓦河、摩拉瓦河和德里纳河冬日之行或给予塞尔维亚的正义》，遭到广泛的批评和攻击。2006年3月18日，汉德克出席前南斯拉夫总统米洛舍维奇的葬礼，此举使汉德克身陷争议风暴。

汉德克对南斯拉夫历史命运和现实境况的关注由来已久。"盛夏时节，她去南斯拉夫待了四个星期。一开始,她只是躲在遮去光线的旅馆房间里,在头上摸来摸去。她没法看书,因为自己的思想马上就会掺和进来。她不断去浴室里洗漱。"这是自传体小说《无欲的悲歌》里的情节。汉德克的母亲,一名51岁的家庭主妇服用大量安眠药自杀。她给所有的亲属写遗书,她不但知道自己在做什么,而且知道为什么别无选择。母亲给叙事者"我"寄了一封挂号信,里面有遗嘱的副本。母亲乘坐公共汽车去了区首府,用家庭医生给她开的长期处方买了大约一百片安眠药。她还给自己买了一把红色的雨伞,虽然没有下雨,那伞把很漂亮,稍稍有点弯。

母亲的辞世带给汉德克无言的哀伤。"单纯的运动疗法对我没有用处,只能让我更加消极和漠然。"这部小说令我想到加缪的《局外人》,那种遭遇母亲之死的无言哀伤以及面对人间不幸的漠然,仿佛是同一灵魂的体验。

汉德克被称为史诗性的一次漫游,是他青年时期在斯洛文尼亚的旅行。

1966年,汉德克写作《大黄蜂》,这是他的处女作。在这篇收入《无欲的悲歌》的小说里,一位讲故事的盲人,带着他的海员背包,躺在一个火车站的厕所里，眼前只有白色的马桶座。盲人直到小说结尾都在徒劳地期待弟弟不久会从战争中回家。孤独的旅程，战争背景下的生命苍凉，是汉德克书写的场景。多年后，他又写了《去往第九王国》，出版于1986年，然而主人公菲利普·柯巴尔（也是叙事者"我"）依然是一个孤独的旅行者，同样背着他的海员背包，前往属于南斯拉夫的斯洛文尼亚进行长达数月之久的游历，徒劳地寻找在战争中下落不明的亲人。

3

写作《试论寂静之地》时，汉德克正在法国一个人迹稀少的地方——法兰西岛与诺曼底之间某地。2011年12月，他在这一年最黑暗的时候开始写作，这样的时间和纬度可以拉开他与故国奥地利的距离，可以更冷静地审视他所要书写的主题。"我似乎在世界各地都会去寻找寂静之地，"汉德克在分析他对精神庇护所的需要时将之形容为一种非社会的或反社会的行为，他说："这也许是一种表达吧？因为我会在众人中突然站起来，远离他们，尽可能多地拐更多的弯，爬上无数个台阶，抵达终于一个人的状态。"

"试论"系列是汉德克的思想沉思集,是他的"反小说"观念下的叙事文本,其中包括《试论寂静之地》《试论成功的日子》。而《试论疲倦》可谓是打开汉德克精神庇护所或心灵避难地的钥匙。寻找心灵栖居的寂静之地,是汉德克贯穿写作生涯的文学主题。在那些独自漫游的时刻,所有的夜晚他都是在火车站厕所里度过的。钱用光了,不够去住旅店,也不够住青年旅舍,他就在火车站附近游荡,直到午夜,或许更久。"在不同的站台上看火车,尤其是长途火车,有开往雅典、贝尔格莱德、索菲亚和布加勒斯特的,还有开往慕尼黑、科隆、哥本哈根、奥斯坦德的。"直到过往的火车越来越少,直到他顶不住疲倦将自己关在火车站厕所的隔间里。

厕所作为避难所失去意义是在汉德克进入青年时代,取而代之的是别的地方——有轨电车的车库,夜间空着的公交车,战争遗留下来的半是坍塌的地下掩体,装卸台下的空荡处,组装成金字塔似的广告或竞选海报墙。他可以在一切预示着栖身或退隐的地方停留——空荡荡的教堂,所有陌生的公墓,在万圣节装饰一新的墓地，甚至包括火车隧道的壁龛。那是冒险的夜晚，在漆黑的隧道里，货运火车不时从蜷缩在壁龛里的汉德克身边轰隆隆驶过。

汉德克是欧洲文明的体验者，也是疏离者，一个独异的畸零人。这是他的文学世界贯穿始终的形象，也是他沉思的主题。他当然是在书写自己的个人体验，然而他也会携带族群的语码，包括他所在的国家和欧洲的文明。

汉德克的文学世界是当代的。1990年代之后，他定居在巴黎附近的乡村。随着居住地的迁徙，他的文学世界也在发生变化。苏联解体，东欧剧变，南斯拉夫战争，这些当代史的重要时刻都在他的观察和叙述之中。1999年，在北约空袭的日子里，他两次穿越塞尔维亚和科索沃旅行。同年，他的南斯拉夫题材戏剧《独木舟之行或者关于战争电影的戏剧》在维也纳皇家剧院首演。他的写作受到诸多文学奖的嘉奖，如霍普特曼奖（1967）、毕希纳奖（1973）、海涅奖（2007）、托马斯·曼奖（2008）、卡夫卡奖（2009）、拉扎尔国王金质十字勋章（塞尔维亚文学勋章，2009）、国际易卜生奖（2016）。然而，因为汉德克反对北约空袭塞尔维亚，他向德国退还了"毕希纳奖"。也因为他的政治立场,在颁发国际易卜生奖时,引发了部分评委的抗议。

4

1989年,汉德克在写作《试论成功的日子》时,将他对成功的沉思作为冬日的一个白日梦。个人的虚无感与外部世界的疏离感一直是汉德克书写的主题。即使屡屡获得文学奖的表彰,他依然没有改变这类主题,只是在更大的边界和幅度上扩张这一主题。在对成功进行纷繁的缅想时,汉德克用一句话表达了他对成功的定义:"我经受住了人生的考验。"

2019年10月10日,汉德克迎来了世界瞩目的成功,诺贝尔文学桂冠落到他的头上。《试论疲倦》《无欲的悲歌》《缓慢的归乡》等九部作品在中文世界构筑起他的文学形象,电影《柏林苍穹下》也由他担任编剧。

彼得·汉德克的成就仰赖于一个开放的国际出版体系。他的文体是跨界的,比如《缓慢的归乡》及外一篇《圣山的启示》,既不是传统的小说叙事,又不是散文叙事,而是处于两者之间,是约定俗成的"虚构写作",

其间含有虚构和哲学化思考。这让我想到了奈保尔，他的大量写作也是非小说、非故事化的叙事，也许只有在更开放多元的出版环境下才会接纳这样的写作。

比起早期的《无欲的悲歌》（包括处女作《大黄蜂》），1986年问世的《去往第九王国》的叙事更为成熟。《大黄蜂》的碎片化书写，令人想起福克纳的《我弥留之际》。放在世界文学的视域观察，汉德克没有英籍印度裔作家鲁西迪狂野，没有马尔克斯魔幻，没有福克纳浩荡，没有菲利普·罗斯雄辩，然而汉德克是一个文学的异类，他的文学世界是一个疏离者的世界，也是对疏离者精神意识的勘察。

1979年，汉德克在巴黎居住几年之后回到奥地利，在萨尔茨堡过起离群索居的生活。他经历了短暂却近乎绝望的生存与写作危机，他致力于寻求自我拯救，结束与世对峙的孤独，将自我与世界重新缝合。他走出自己别样的精神庇护所，走出个人深掘的存在深渊，重回现实生活。

从汉德克的漫游之途与归乡之旅，我看到了他所在世界的实况——欧洲文明的实况。或许这世界只是他个人感知的真相，却已经令我讶异。因为媒介为我们塑造了一个美丽新世界,它属于欧洲文明的一部分。

汉德克写过《痛苦的中国人》,这是一部虚构作品,主人公是一位名叫安德烈亚斯·洛泽的古典语言学家。所谓"痛苦的中国人"只是主人公内心困境的隐喻,并没有中国人的形象出现。从他的书写中,我看到的是"痛苦的欧洲人",无论是波黑还是塞尔维亚,无论是奥地利还是德国。汉德克让我看到欧洲文明的反光,看到它如明灯转暗。

也许欧洲文明所有的光芒都是身处异域的人们的美化性想象。如果欧洲文明如灯塔照耀不息,就不会有维克多·雨果的《悲惨世界》,也不会有查尔斯·狄更斯的《艰难时世》。人类的精神困境是普遍的、全球性的,无论在何种制度和文明之下,没有哪个族群可以幸免。人的困境亘古未变:有战争和饥荒的时候,困境是死亡、逃难和离乱;和平年代,困境是虚无、隔膜和疏离,这种困境难以根绝甚至越来越深。就此而言,彼得·汉德克的写作正是人类困境的样本和证据。

菲利普·罗斯：纽瓦克的英雄

注视东欧的西方作家

菲利普·罗斯对东欧问题的关注仿佛一道强光，映现出他的人道主义精神，也反照出东欧作家在禁锢之年作为反抗者的精神光谱。

我最初知道菲利普·罗斯是在捷克作家伊凡·克里玛的《布拉格精神》中。自1973年起，罗斯作为西方作家，多次前往布拉格，寻访那些生活在铁幕时代的东欧作家（包括电影艺术家），倾听他们的心声并提供尽可能的人道援助。罗斯与米兰·昆德拉对话，与伊凡·克里玛对话，对话文本刊登在《纽约书评》。吸引我的是罗斯的西方背景,以及他提问的角度和纵深思考。

《布拉格狂欢》是罗斯对剧变前的东欧在行动与思想之外的一次艺术书写。"我不能写作,不能在公共场合演讲,要见朋友必须先接受当局的询问。要想做点事,都会危及自己的幸福,以及妻子、孩子和父母的幸福。"到访纽约的捷克作家和他的伴侣对美国作家祖克曼滔滔不绝地讲述布拉格的生活。《布拉格狂欢》写于1985年,这部日记体结构的小说分为三章,分别是"1976年1月11日,纽约""1976年2月4日,布拉格""1976年2月5日,布拉格"。

作家内森·祖克曼1970年代来到布拉格,他看到的是一幅诡异的生存图景:情人在酒店相会被人警告说话要小心,因为房间里到处藏有窃听器;说话时要用两套语言,嘴里说的和纸上写的,以防窃听。这样的场景在米兰·昆德拉的小说《生命中不能承受之轻》里出现过,在德国电影《窃听风暴》里也出现过。这部日记体小说将视角聚焦两个城市,通过真切体验和精湛叙述呈现出捷克斯洛伐克禁锢的国家状态以及灰暗的日常生活,呈现出知识分子幻灭的精神困苦。这是一个西方作家视角下的布拉格。

与《布拉格狂欢》的书写形成同构的是罗斯的布拉格之旅。1973年，罗斯被推举为美国艺术与文学委员会成员，他在康涅狄格州西北部买了一个旧农场和20英亩地，距离纽约城100英里。此时的罗斯正在宾夕法尼亚大学授课，讲卡夫卡。也是在这一年的5月，罗斯去威尼斯和维也纳旅行，途中去了布拉格，与米兰·昆德拉和伊凡·克里玛见面。罗斯为美国笔会写了关于捷克斯洛伐克的"国家报告"，并策划"来自另一个欧洲的作家"系列丛书，由企鹅出版社出版，关注不为美国读者熟悉的东欧作家。

《重返布拉格》的对话时间是1990年4月12日，其时东欧已经发生巨变，剧作家瓦茨拉夫·哈维尔当选首任捷克民选总统。在此背景下，罗斯与克里玛对话。罗斯说："西方对于铁幕下的缪斯有不少随便、浪漫的讨论。我敢说，西方作家有时甚至嫉妒你们能在可怕的压力下写作，嫉妒由这种重负培育出来的明确的使命感：在你们的社会，你们实际上是真实的唯一监护人。在一个审查制度的文化里，每个人都过着一种双重生活——谎言和真实——文学成为生活的捍卫者，成为人们紧紧抓住的真实的残片。我认为同样在一个像我那样的文化里,虽然没有任何东西需要审查,但大众传媒却以对人类事务最无聊的歪曲来充斥我们的生活,严肃文学也一样是生活的捍卫者,即使社会对它完全淡忘。"

克里玛回答道:"由于禁令和迫害——不仅包括禁止作家从事所有社会活动,在多数情况下也包括禁止作家从事他们能胜任的任何工作——作家为那些具有重要性的言论不得不付出高昂的代价。有很多作家、评论家和翻译家靠给人擦洗窗户谋生,有的还干过重机驾驶员。几乎所有我的被禁止的同行都不得不靠体力劳动来维持生存。"

"七十年代早期,我开始经常造访捷克斯洛伐克。每年春天我都去布拉格,都会接受一点关于政治压力的速成教育。我之前亲身认知的压力都更温和,也更隐蔽——往往是一种性心理上的束缚或者社会生活的限制。"1984 年,罗斯在与《巴黎评论》对谈时说:"对于一个作家来说,在布拉格和在自由放纵的纽约生活是多么的不同。"

2015 年夏天,我应《时尚先生》邀请做年度特刊《巨匠与杰作》,前往布拉格专访伊凡·克里玛。我随身带着《布拉格精神》,并再次读到克里玛与罗斯的对话

《重返布拉格》。我奔走在布拉格色彩瑰丽的城市街巷,寻访"布拉格之春"的遗迹,体验着今日布拉格的自由。在布拉格远郊的一片林中别墅区,满头银发、神情安静的克里玛接受了我的专访。他说:"现在我再也不用为悲惨的社会制度烦恼了。"

罗斯与昆德拉保持着很好的私人关系。1980年昆德拉第一次访问美国,罗斯把他介绍给朋友和《纽约客》的编辑 Veronica Geng——后来也是昆德拉在《纽约客》的编辑。罗斯与昆德拉在伦敦和康涅狄格的对话发表在《纽约书评》。

除了关注捷克作家,罗斯还关注波兰、匈牙利、南斯拉夫作家。罗斯从布拉格回到美国后,将捷克作家与美国作家的处境进行对比,1984年他在接受《巴黎评论》访问时追忆道:"我第一次去捷克斯洛伐克的时候,突然想到,在我生活的社会里,对于一个作家来说,什么都可以写,写什么都无关紧要。然而对于那些我在布拉格遇到的捷克作家来说,什么都不能写,但写出的每一句都至关重要。东方那些生死攸关的严肃的事情在西方变得琐碎轻佻本身就是一个主题,于是,精微的想象力才能转化成引人入胜的小说。"

每一本书都是一次爆破

罗斯始终警惕对"压迫者文化"的无限赞美。当美国小说家路易斯·拉莫获得美国国会颁发的特别金质奖章,总统在白宫为他颁奖时,批评家乔治·斯坦纳在电视上宣称:"当代西方文学毫无可取之处,一文不值,而对人类灵魂的伟大记录,那些杰作,只能产生于像捷克斯洛伐克这样的国家中。"罗斯直言不讳地批评其浮夸做作和感情用事。他说:"一边是路易斯·拉莫、我们的文学自由,以及我们国家庞杂、活泼的文学;一边是索尔仁尼琴、文化荒漠和难以承受的压迫,那就给我拉莫好了。"

纽瓦克的英雄与反叛者,这是罗斯个人化的标签。

罗斯是美国当代文学的在场者。从 1959 年出道始,罗斯共完成了三十多部小说。显赫的创作资历,获奖无数的写作业绩,使他成为美国文学的神话。在他的小说中,你能看到两种叙事脉络,如同两条发源于同一高地向下游平行奔涌的河流,时而舒缓,时而激烈,时而分离,时而交汇。这两条河流一为个人的,一为国家的,在不同的叙事场域携带着不同的信息。时间在这里发生变化，时代背景、国家生活以及个人际遇也在变化。作家与他所在的时代保持着对峙关系，他紧盯着自己所置身的时代生活，以强劲、雄辩的力量书写。

1933年，罗斯出生在美国新泽西州的纽瓦克，父亲是波兰移民，家里开着一个做鞋的作坊，后破产。父亲做过行政长官的看门人，也做过纽瓦克区大都会保险公司的推销员。50年代，纽瓦克劳工繁盛，大部分居民是德国、意大利、斯拉夫和爱尔兰移民，黑人和犹太人是城市里的少数族裔。1950年，罗斯高中毕业，在纽瓦克市区做百货公司的仓库管理员，那时，他阅读了托马斯·沃尔夫，发现了舍伍德·安德森、西奥多·德莱塞等作家。1955年，罗斯获得文学硕士，9月参军，服役两年，在基础训练中颈椎受伤，后被安置到华盛顿军队医院公共信息办公室，自此开启了创作生涯。

评论家（如苏珊·桑塔格）是强有力的、激辩的，而小说家同样能展现出强劲的思想力量，尽管小说家的呈现方式更像足球场的后卫，而不是前锋。

罗斯构筑的文学世界里有两位个性鲜明的人物，祖克曼系列和凯普什系列，与其说是以人物区别不如说是按年代划分。祖克曼系列有《鬼作家》《被释放的祖克曼》《解剖课》《反生活》《美国牧歌》《背叛》《人性的污秽》《退场的鬼魂》；凯普什系列有《乳房》《欲望教授》《垂死的肉身》；此外还有一个罗斯系列，包括《事实》《欺骗》《遗产》《夏洛克行动》《反美阴谋》。

"我昨晚没睡觉，我认识的人也都没睡觉。我有个朋友在四十二街图书馆工作，他打电话告诉我说有人坐在图书馆的台阶上号啕大哭。"这是《退场的鬼魂》里人们对美国总统大选乔治·布什获胜时的灾难性感受。然而疾病缠身的老作家凯普什则说："我很清楚恐怖的政治可以激起多么戏剧性的激情。从1965年和平主义的候选人约翰逊转变为支持越战的鹰派人物，到1974年尼克松遭到弹劾被迫辞职，这些事情确确实实成为我们记忆里的保留节目。你为了政治伤心绝望，甚至有点歇斯底里，也或许你会欢欣鼓舞，十年来你第一次为了政治的清白辩护，可你得到的唯一安慰不过是一场你方唱罢我登场的闹剧。如今的我只是一个政局的旁观者，一个局外人。我与全民参与的这场戏无涉，这场戏亦与我无涉。"

《退场的鬼魂》出版于2007年，这是退隐的个人与激进的时代生活的同时演进。主角是衰老病弱的,作家则敏锐地注视着他的时代。人物穿行在时代的裂隙中,生活在国家幽暗的隧道里。

罗斯的气质是鲜明的,他具有编年史作家应有的广阔视野和纵横驰骋的思想之力,又有小说家魔术般的技艺。他的小说构思奇异,悬念迭出,既强悍雄辩,又柔韧婉转,你很难看到他气衰力弱的时候,他的叙事始终元气饱满。

身体所包含的人生故事和头脑一样多,《垂死的肉身》是罗斯晚年的象征之作。62岁的教授凯普什相遇24岁的古巴姑娘康秀拉·卡斯底洛。"我在给她看我保存的卡夫卡手稿——卡夫卡的三页手迹,是他在自己供职的保险公司的退休晚会上所做的一篇演讲,这份1910年的手稿,是一位有钱的三十岁有夫之妇,我多年前的学生情人,送给我的礼物。"罗斯切入情欲的书写令人惊骇,写尽肉体之爱的狂欢,也写尽肉体衰败的无能。

注视人的存在境况,观察人的肉身之变,剖析孤独、爱、失去、病痛、破碎感与无能感,将这些体验打碎,化为精湛而雄辩的叙事艺术,这是罗斯持续至生命最后时刻的工作。作为犹太裔作家，罗斯并没有自限于犹太身份，而是贴近美国的社会生活，以独具个性的姿态，行进于尘世之间，以更具现代感的意识写作，缔造了美国文坛的"文学神话"。

1994年，罗斯与妻子克莱尔离婚，隐居在康涅狄格州的农场中，工作间是林中的小木屋。在罗斯的虚构文本里，很容易看到作为小说家的罗斯：青壮年时期化身祖克曼，老年时期化身凯普什，他们投身于生活的洪流中，寄居于存在的俗世里，却始终忠于个人的信念。就如罗斯对《巴黎评论》所说："我似乎是一路爆破，炸开一条通往那本我写不出来的小说的隧道。这些书的每一本都是一次爆破，为下一本书扫清障碍。"

亨利·米勒：无与伦比的觉醒

痴迷于另一个世界

1920年，亨利·米勒走在纽约第22街，他想在西部联合电报公司找一份信差的工作，但被拒绝。翌日，米勒从22街径直走到帕克街33号，他想见老板，说明自己适合这份工作。据说他发表了一通慷慨陈词，因此意外获得一个职位，月薪240美元，职务是通信部人事经理，职责包括：巡查各个办公室，监督信差工作，确保职员恪尽职守。办公室在富勒大楼，也就是后来的熨斗大厦（Flatiron Building）。米勒在办公室一天工作十个小时，凌晨两三点到家。他在西联待了四年半，1924

年9月离开。

2017年深秋,在我的一次美国之旅中,我站在曼哈顿第23街,在百老汇和第五大道交汇处的三角地带,仰望这幢高约87米的灰黄色的熨斗大厦,感觉像一把尖刀。当时,我对它的历史是无知的,我的注意力全在寻找格林尼治村。然而,当我结束旅行回到家,打开《亨利·米勒传》,我惊奇地发现,米勒青年时期的生活之地很多是我双脚走过的。

1921年1月,米勒住在布鲁克林坎伯兰街179号的一间公寓。他喜欢走从百老汇到曼哈顿下东区德兰西街的路线,之后向东走大约六个街区到达威廉斯堡大桥,进入富勒大楼。米勒所在的西联公司后来被他写进自传体小说《南回归线》,取名"都市恶魔电报局"。在他笔下,这里如同一个狂躁的地狱,公司雇用了2 000多位信差,电话响个不停。每天大清早,米勒刚到公司,就已经有一帮人等在门口,上演各种荒谬的事情。米勒将之视为美国资本主义的疯魔之地。

"下班后,我将《创造性进化》夹在胳膊下,去乘坐布鲁克林大桥的高架公交,便开始了去往墓地的归途。在去那儿的人群中,我是最特别的一个,我的语言,我的世界,都在我的胳膊下。我像是一个护卫,守护着一个伟大的秘密;如果我开口讲话,我能让整个交通都瘫痪掉。"这是亨利·米勒在《南回归线》里的独白。也是在此时,米勒开始了他的文学梦想。他经常会"像灵魂出窍似的,痴迷于另一个世界",他可以每天写作8小时,每次写5 000字。他最初的小说仿照西奥多·德莱塞的《十二怒汉》,打算写《十二信差》,写他在西联工作时碰到的奇人怪事,后来取名为《折翼之殇》(*Clipped Wings*)。这期间,米勒先后完成了七万五千字的文稿,然而这是失败的文稿。

其时,米勒经常光顾时代广场附近一家名叫"有舞女伴舞"的舞厅。在这里,男性顾客只消费10美分就能找个女孩儿当伴舞。就在这时,他开始了混乱、癫狂而又充满戏剧性的情感生活,陷于多角的男女关系中。他后来在小说《性爱之旅》中写道:"我快33岁了,全新的生活展现在我面前,只要我有勇气去冒险。其实,我也没有什么可去冒险的,我生活在社会最底层,从各种意义上说都是失败者。"

跟写作生涯同时开启的是米勒的情色之旅。1924年6月1日上午,米勒与带给他幸福也带给他创痛的电影演员琼·伊迪丝·史密斯正式登记结婚。办结婚证的钱是他借来的。米勒和琼搬到布鲁克林高地雷姆森街91号的一栋豪华住宅，月租90美元。婚后三个月，米勒被解雇，西联公司通知让他两周后离开。米勒在愤激之下离职，拎着他的小手提箱走在百老汇大街上，从此决定不再为任何人工作。不久，米勒的经济状况陷于困境，然而他相信自己的天赋，相信自己能够成为一名真正的作家。

返祖的写作方式

我最初看到米勒，是一本从书摊上买来的《北回归线》。在矿区一个幽暗的私人小书店的角落，粉红色的封面，内页纸张脆薄，印制粗陋，有些页码还是没印上字的空白页。我用我在矿井里工作得到的薪水买了这本书。十八岁，我在矿区读高二的时候辍学，顶替退休的父亲到矿上做矿工。这是国营煤矿对退休职工的优待，即每个退休者的家庭可以有子女享有国家照顾的名额当工人。那时，我已工作三年，每天穿着落满煤屑的工装下到矿井。我的工种是看变电所，地层深处的石头硐室就是我值班的工作间。为了打发漫长的时间,我开始读书。硐室里有日光灯但不够亮,我会拧亮矿灯照着读。亨利·米勒的《北回归线》就是那个时期被我带到矿井里的一本书,也是我无法读进去的一本书,除了印制粗糙,还有狂野的行文风格,里边充斥着大量情色描写。我甚至怀疑这是一本盗版书。我更喜欢那本薄薄的《卡夫卡的寓言与格言》,更喜欢《梵高传:渴望生活》以及茨威格《一个陌生女人的来信》,这些书我是读完了的,而《北回归线》则被我长久搁置。

"米勒原始、返祖的写作方式所带来的冲击就像是在御花园里听打鼓。"这是米勒的友人在最初读到他的作品时的感受。1927年5月21日,米勒在24小时内写满了大约30页稿纸,讲述他与琼混乱不堪的生活。《北回归线》的爆炸性色情语言使米勒饱受争议,然而这其实是一部讲述精神变革历程的书。米勒自辩道:"作家真正关心的不是性,不是信仰,而是自我解放。"现在,我知道米勒被视为美国文学史上的旷代奇才,被封为欧美现代文学的高峰。

我是在2013年重读《北回归线》的,当然这是在我读过《巴黎评论》刊登的"亨利·米勒"访谈之后。

通过《巴黎评论》的访谈，我才真正接受了亨利·米勒，将他视为特立独行的一个作家，而不仅仅是一个"情色作家"。我又买回米勒的《南回归线》，买回《黑色的春天》，我知道中文世界对米勒作品的引进才刚刚开始，他的许多更重要的作品还没有译介过来。

"他的作品，风格大胆，极具争议性。在英语国家遭禁近30年。1961年，他的书在祖国出版，迅速成为畅销书。围绕着米勒生发的是关于表达自由与审查制度，关于色情与淫秽的争论。很长时间以来，米勒被视为传奇。评论家和艺术家追捧他，朝圣者崇拜他，'垮掉的一代'仿效他。他是文化英雄，或者是某些认为他威胁了法律和秩序的人眼中的文化恶棍。"1962年的《巴黎评论》如此评价米勒。然而，让我更深入也更广阔地认识米勒的，是美国作家大卫·斯蒂芬·卡洛纳所著的《放飞自我：亨利·米勒传》，这是一次对米勒生命史、情感史、写作生涯的全景展现和精彩叙事，也是对美国现代文学的别样解读。

亨利·米勒比海明威还重要

2016年的诺贝尔文学奖得主鲍勃·迪伦曾经拜访过亨利·米勒。那年迪伦23岁，由他当时的女友、美国著名民谣歌者琼·贝兹带着见米勒。迪伦还跟米勒打过乒乓球，但那次会面并不愉快，米勒觉得这位歌手兼诗人目中无人，而迪伦觉得这位作家对他不屑一顾。但在读了两页《狼蛛》(*Tarantula*)后，迪伦这种反感的情绪就不见了。每当被问及最喜爱的作家时，迪伦都回答："契诃夫是我最喜爱的作家。我也喜欢亨利·米勒，我认为他是最伟大的美国作家。"当被问及他的"目的和使命"时，迪伦回答："亨利·米勒曾经说过，艺术家所扮演的角色，就是让整个世界醒悟。"

晚年的米勒，身边聚集着众多拥护者，诺曼·梅勒和大江健三郎都是他的忠实读者。菲利普·罗斯承认："我想是亨利·米勒教我接受我所深恶痛绝的东西，把它写入故事，写成文学作品。"约翰·厄普代克在创作《夫妇们》时沿袭了米勒对性的大胆描写。1978年，米勒为争取诺贝尔文学奖开始游说，他给朋友们寄明信片,希望对方能向瑞典学院诺贝尔奖评选委员会"写几句简短的推荐词"。然而米勒当年并未获奖,因为评委会中有人说:"我们希望米勒可以变得体面些。"意大利作家卡尔维诺推崇米勒:"一流作家里没得过诺贝尔奖的就是博尔赫斯和亨利·米勒了。"他还声称:"这是一个亨利·米勒比海明威还重要的时代,人们已经懒得管海明威了。"

米勒的情爱经历跟他的写作生涯一样长久,也一样充满奇迹。他似乎更喜欢演员,并为此着迷。他在40岁左右情迷杰拉尔丁·菲茨杰拉德,曾给她写过多封情书。然后是海蒂嘉德·纳福、姬娃·罗丹、艾娃·加德纳、金·诺瓦克、吉亚·斯卡拉、戴安娜·贝克、英格·斯蒂温丝、艾尔克·萨默、索菲亚·斯塔伯佐斯卡,直到卢燕。后来他又疯狂地追求加拿大女演员盖尔·吉尔摩。米勒坦然承认:"不知怎的,女演员总能让我为之着迷。"在这一时期,他似乎把歌德当作自己的偶像典范。1821年,72岁的歌德在马利亚温泉市疯狂地恋上仅有17岁的乌尔里克·凡·莱韦佐夫。

作为儿子的托尼更为了解米勒,他对父亲持续不断的爱情纠葛产生过怀疑:"父亲的麻烦是……他爱上了爱情。"

1976年6月9日,米勒给来自密西西比州的女演员布伦达·维纳斯寄出了1500封信中的第一封。那时,他因做动脉旁路手术导致右眼失明,阅读、绘画和写作受到严重影响,他每天给布伦达写信,有时一天写两三封。他甚至热切地想和布伦达建立血的盟誓,他用小刀划开几道口子,老化的手腕上流出的鲜血迅速凝固。然而,米勒也承认,他虽然不停地爱上女人,但还是更爱写作:"我把自己完全地、彻底地奉献给了工作。"

内心生活点燃整个世界

米勒活得比其他20世纪的大作家都要久——比如海明威逝世于65岁,斯坦贝克逝世于66岁,福克纳逝世于65岁。他甚至比诗人艾略特(76岁)和庞德(87岁)还要长寿。89岁的米勒成为最年长的大作家,成为年轻一代的精神偶像。

"我一直都是一匹孤独的狼,总是远离团体、圈子、门派、同人社、主义或者之类的东西。"米勒接受《巴黎评论》访问时说。1942年11月,米勒在好莱坞找了份编剧的工作,但电影行业的乱象令他感到恶心。他摆脱各种繁杂事务住到离旧金山150英里的"大瑟儿",那是一个风景秀丽的乡间小镇,此后成为米勒的心灵避风港。

米勒脱离了世俗生活,抵达了精神世界的巅峰。1962年,他接受《巴黎评论》访问,在回忆"大瑟儿"时期的生活时说:"那儿什么都没有,除了大自然。我孤身一人,恰如我所愿。我待在那里,就因为那是一个与世隔绝的地方。我早就学会随遇而安地写作。大瑟儿是极好的换换脑子的地方,我完全把城市抛在了身后。"

"我觉得,我的内心生活散发着光芒,可以点燃整个世界,同时我又觉得自己被封锁在某种矿石之中。"这是米勒的自况。1951年11月,友人贝扎雷·夏兹送给米勒一个来自也门的长方形护身符。这个护身符已经有400年的历史,上面刻着一段希伯来文:"上帝会保佑你、守护你。愿他的温热目光照亮你的面庞。愿他以自己的方式指引你前行。"这个护身符,米勒戴了很多年,不管白天还是夜晚。米勒坚信,它可以守护自己,带来好运。

此时的米勒越来越像一个反主流的文化大师。他的地位逐步稳定,标志之一是他像占星家一样的个人风格:除了那个也门护身符,他有时还戴一顶中国清朝时期的瓜皮帽,白天散步时,他会拄一根爱尔兰黑刺李拐杖。1950年代中期,美国反主流文化人士和"垮掉一代"作家都把米勒当成自己在文学界的支持力量。艾伦·金斯堡告诉父亲:"《北回归线》是一部伟大的经典之作。"他写信给凯鲁亚克:"给我来些致幻剂吧。你知道的还有谁,要不挖掘一下亨利·米勒。"米勒将自己的痛苦赤裸裸地展示给人们,并由此成为"忏悔派"作家的先导——在《嚎叫》诞生之前,米勒已经嚎叫很久了。金斯堡和凯鲁亚克曾经去"朝圣",拜访他们"敬爱的大师",然而未能如愿。不过,后来米勒为凯鲁亚克的《地下室居民》写了序言。

然而米勒也会经历他的心灵暗夜。1959年8月,米勒跟妻子伊芙的婚姻关系紧张。他怀疑妻子与邻居有染,他自己则同一家餐馆的女侍者纠缠不清。他感到危机重重,向占星师寻求帮助。早晨起床的时候,他会将留声机的音量开到最大,听蒙泰威尔第的《牧歌》、拉威尔的《夜之幽灵》和斯克里亚宾的《第五交响曲》。约瑟夫·戴尔特伊的《亚西西的方济各》令米勒最为着迷，这部作品带领米勒度过了心灵的暗夜。

一个反抗者的自由

在美国公众眼里，米勒是文学界的坏男人和道德品行的破坏者，然而米勒对很多事物都怀有敬畏之心。1964年4月，米勒的妻子利普斯卡在欧洲旅行途中邂逅一位男士，于是她出走并带走了自己所有的东西——椅子、桌子、衣柜，还有地毯——以至于米勒只能把从食品杂货店拿来的纸箱当作家具。他买来旱冰鞋，一个人在空旷的房间里孤独地滑行。此刻的米勒，对人生际遇表现出一种佛家的超然。晚年的他，总能保持一种内心的宁静。他抽烟但不酗酒，喜爱水彩画，热衷神秘的知识，迷恋占星术。晚年的米勒很像一位禅僧，不论是行为的克制，还是日常的冥想。"我从彻底且无与伦比的觉醒中获得过非常重要的东西，而这也正是它之所以彻底又无与伦比的原因所在。"米勒喜欢引用的这句话来自乔达摩·悉达多——米勒伟大的榜样，他们都是觉醒者。

米勒一生因"情色"的争议和美国司法体系之间发

生过无数次冲突。1960年代初期，大多数美国人都没听说过亨利·米勒或是《北回归线》；但到了1964年，人们打着灯笼都很难找出一个没听说过亨利·米勒的美国人。这个人和他的书点燃了审查制度大浩劫的导火线，燃烧了整个美国。最终，米勒成了美国文学史上最具争议同时也是受审查最多的作家。1961年10月9日，洛杉矶一家书店的老板布拉德利·史密斯，因卖"禁书"给便衣警察，翌年2月被判30天监禁。书店、杂货店、报摊，甚至公共图书馆也曾遭遇警察的突击检查。

1962年1月10日开庭审理《北回归线》"淫秽案"，首席法官是塞缪尔·B.艾普斯坦。艾普斯特在2月21日的最后声明中说："即便有争议，文学的社会价值也应该留给民众个人去评判，而非由政府法令妄断。不管是政府还是法庭，都没有权力限制一个人的阅读事务。"美国文学界的很多人物也都站出来支持米勒，其中就包括罗伯特·洛威尔（Robert Lowell），他在1962年4月14日的一封信中写道："这似乎成了一个审查年。英语文学的人们和那些出乎意料的人，比如哈利·莱文（Harry Levin）和迪克·威尔伯（Dock Wibur）

到处奔波为米勒正名。"

同年,《北回归线》在马萨诸塞州遭遇审查。最终,马萨诸塞州最高法院于 7 月 17 日宣布取消对《北回归线》的禁令。1962 年 3 月,米勒应邀去位于地中海的马略卡岛当福明托文学奖的评委。7 月,米勒应邀前往爱丁堡艺术节参加国际作家会议。据说,米勒在会议上一直少言寡语,直到第四天"审查"这一主题出现,他发表了关于文学自由的讲话,他的演讲"得到爱丁堡麦克尤恩大厅全场将近 3000 人长时间的起立鼓掌"。

米沃什在《米沃什词典》一书里,有"亨利·米勒"的词条。"20 世纪美国文学自有其奥妙,但在很大程度上,它是一种反抗的文学,反抗赚钱和出版的激烈竞争。米勒是纽约一个德国移民的儿子,他靠勤奋工作挣钱,读尼采,梦想自由。那种自由只有在一种条件下才可能实现,那就是努力使自己远离那条广为一般人所接受的准则。他成为一个自我放逐的人,吟唱着自我之歌,摒弃了所有社会规范。他不再认同美国,这是对他作为一个反抗者的自由的庆贺。"

米沃什:良心的痛楚令我沮丧

1

切斯瓦夫·米沃什在日志体回忆录《猎人一年》（李以亮译）里,写到昆德拉的小说《生命中不能承受之轻》:"最精彩的部分就是,特蕾莎赤裸身体站在镜子前试图发现她的灵魂存在于什么地方。"这个说法仿佛是米沃什创作生涯的自喻。对灵魂的觉知,对心智的观照,对精神状况的勘察,是米沃什思考和写作的核心。"良心的痛楚令我沮丧",如此表达总能激荡我的心绪。他追忆1944年的人生境况:炎热的华沙,长达五年被纳粹占领,城市公寓的墙壁麻麻点点,人质在街角被处决，犹太人聚居区成了被德国人摧毁的废墟。

1951年，担任文化专员的米沃什与政府决裂，从波兰驻纽约的外交官任上出走，到法国寻求政治庇护。后来，他生活在加利福尼亚的伯克利山上，从居所可以俯瞰旧金山湾。然而，祖国波兰先后被纳粹占领被苏军控制的梦魇总是萦绕心魂："我强迫自己以高尚的情绪自娱，我斩断了往日束缚我的钳制，于是我内心的自由涌现了。"

2015年，我前往布拉格旅行，寻访过这座城市由禁锢到自由的变革遗迹。穿过华沙的楼群，水泥地面随处可见铜制的铭牌，那是对战争遗迹的铭记。我有机会前往纳粹在克拉科夫郊区建立的奥斯威辛集中营，全名为奥斯威辛-比克瑙·纳粹德国集中营和灭绝营，在二战波兰被纳粹德国占领期间，超过100万名犹太人及大量波兰人罗马人在这里遭到系统性谋杀。游走在美丽幽静的克拉科夫老城，我常会想起晚年安居于此的米沃什。

生于1911年的米沃什，晚年的形象合乎人们对一个智者的祈愿——睿智而仁慈。饱满的额头，浓长的白眉下，眼神温和，纹路纵横的面容神情沉毅。当然，这只是印在书里照片上的形象。让我记忆深刻的是另外一张照片：米沃什像摇滚歌手般手握长杆麦克风朗诵诗歌，标题是《你这个诗人，坐在圣约翰教堂做什么?》。这是2004年米沃什辞世时我做的纪念报道配图，再现了诗人辞世在波兰及国际文学界引起的争议。克拉科夫老城是米沃什晚年返回波兰后的居住地，也是他灵柩的安放地。2006年我在克拉科夫游走，去教堂拜谒米沃什的石棺。能有机会向这位世人尊敬的杰出者致敬，是我以为的幸运。

晚年米沃什有着长者的威仪，然而他的天性里也有着谦逊的幽默感，会拿自己的身体特征开玩笑，比如驼背。他引述友人的话说："对于一个驼背的人而言，你已经够帅的了。"谦逊的幽默感化解了流亡岁月中的困厄，也化解了因身体病痛带来的精神磨难。人的肉身当然是重要的，然而让一个人显示出生命质感的是心灵和头脑。

1980年，米沃什因在全部创作中以不妥协的深刻性，揭示了人在充满剧烈矛盾的世界上所遇到的威胁，表现了人道主义的态度和艺术特色而获得诺贝尔文学奖。瑞典学院院士拉尔斯·吉伦斯坦在致辞中说："由于坚持要求艺术的诚实和人的自由,1951年,他离开波兰,定居巴黎,做一名自由作家。在外在和内在的意义上,他都是一个被流放的作家。"

米沃什对作家职责的认识简而言之即"保护我们免于巨大的沉默,并且告诉我们始终如一地做人是多么困难"。当我们日益体悟米沃什的价值时,他已辞世多年,而他的著作将长久存活于世间。《被禁锢的头脑》《站在人这边》《猎人一年》《米沃什词典》《乌尔罗地》《诗的见证》行销中文世界,他在青年时期为反抗纳粹而创作的诗集《冰封时期的诗》《不能征服的歌》被译介出版。一个逝去已久的人被我们追念,他生前写下的诗文被我们反复阅读,这是杰出作家穿越时间的力量。

2

"我的生活可以照此理解:绿色,小地方,可怜巴巴的教育,虽然不配,却获得了进入炼金术士工作间的权利,而后许多年,我坐在角落里,驼着背,观察并思考。当我离开那里来到广阔的天地之间,才发现所学不菲。"这是米沃什的个人自况。炼金术是《米沃什词典》

（西川译）中的一个词语，他写道："研究者发现了炼金这一行为的精神维度，发现了它与隐修传统的关联。"

炼金术这个词令我想起2015年深秋的布拉格之行。在一个天空湛蓝、白云如羽的下午，我步行前往布拉格的老城堡——那条著名的黄金巷，这是卡夫卡租住的地方，他在这里写出了《乡村医生》和《中国长城建造时》。到黄金巷看卡夫卡住过的房间本是此行的目的，然而在黄金巷看到炼金师隐修的工作间竟令我有意外之喜。进入一幢碉堡般的建筑，沿着陡峭逼仄的楼梯下到地底，进入炼金师的隐修工场。墙壁贴有白色牛角骨，地上铺着黑熊毛皮，旧木桌上放着曲颈瓶和各种试管。土制的炉灶让人遥想熊熊燃烧的烈焰，令人遐思炼金师隐秘的作业。

精神炼金术，这个词让我想到米沃什的思想和写作境况。对20世纪的回忆与剖析，是米沃什著作的核心主题。他目光悠远，穿透世纪云烟，选取的景别具体而真切。以珍珠般的词语连缀一个世纪的历史当然不是米沃什首创，但在他这里当属贴切。他的睿智之心自由穿梭于时间之流，如同在海底寻觅奇珍异物。他选择的每一个词语都是一束光，照亮词语所及之物。

米沃什在这些词语中侧重对个人经历和经验的表达。比如在 AFTER ALL（终究）一词下，谈到了他的旅行经验："我到过许多城市，许多国家，但没有养成世界主义的习惯。相反，我保持着一个小地方人的谨慎。我把自己关进了自己的堡垒，并且拉起了吊桥：让别人去闹嚷吧。我对被认可的需要——谁不需要被认可？——并没有强大到足以将我诱惑到外面的世界。我被另外的东西所召唤。"在 BERKELEY（伯克利）一词下，米沃什追忆他的教授生涯："1948 年当我来到旧金山时，我还不知道海湾对面的城市将注定成为我此生最为长久的居住地，即便是我度过中学与大学时光的维尔诺也不能与之相比。那时我陶醉于我的旧金山之旅，就像是奔赴另一个星球，而不是去往一个居住之地。"

坚定的信念是一件稀有的礼物，米沃什在 HATRED（仇恨）一词下为自己做结："我一生的故事是我所知道的最为惊人的故事之一。"他将自己与好友约瑟夫·布罗茨基做比较："他在阿尔汉格尔斯克附近的国营农场里挥叉扬肥，可没过几年，他荣名尽收，包括诺贝尔奖。"他戏言自己"与文学圈里的同行异道而行，并逃往已处于衰落之中的西方（西方人都认定这种衰落），这需要拿出巨大的愚蠢"。他戏谑那些环绕着他的仇恨："我一生中曾受到鄙视，曾取得胜利。我的敌人曾编造一些关于我的可憎之事，他们其实是愚弄了自己，我相信时光将显明这一点。"米沃什是超验的，他的沉思经常从人的存在跃向神性的启示。比如 ADAM AND EVE（亚当与夏娃）一词，就表达了米沃什对存在的意识。他写道："在我们深信的最深处，在我们存在的最深处，我们配得上永生。我们将我们的转瞬即逝和终有一死视作降临到头顶的暴力来体验。唯有乐园靠得住，世界是靠不住的，它只是昙花一现。"

3

在精神疆域，米沃什有着更高的维度。他在审视人与事的时候显示出超越感，也因此透视力更强。比如，在 TERROR（恐惧）一词下，米沃什写道："在 20 世纪的欧洲，恐惧是一种主要的心理状态，但它还没有被广泛分析过，这一点值得反思。也许是因为没人愿意去回味那种羞辱的感觉，恐惧使人感到的就是耻辱。当然恐惧有多种，我们应该逐个分析。"米沃什将恐惧这种情境细致切分,然后像解剖师一样将每一份标本拿到显微镜下观察。恐惧在死亡和血腥遍布的战乱之年是普遍的恐惧,然而和平年代日常生活中的恐惧同样令万千民众饱受磨难。

1945年的一天下午,米沃什正站在一个农民家门口,几颗小口径炮弹刚在这个小村庄的街道上爆炸。从盖满白雪的小山之间,米沃什看见一列人正慢慢地向前推进。这是红军的先遣部队,走在最前面的是一位年轻女郎,脚穿毡靴,手拿轻机关枪。多年后,米沃什在《被禁锢的头脑》中追忆他作为波兰人被解放的情形时说:"就在这种情形下,我和同胞们从柏林的统治之下解放出来。换句话说,我们变成在莫斯科统治之下了。"在俄罗斯,各种各样的人被赶进集中营,米沃什写道:"置身于一群驯服的精英分子之中,你对遭到集体驱逐的恐惧就会减弱。但是,当你想到稍稍出错或思想出轨就会受到惩罚的时候,你还是恐惧在心。""恐惧感就在那儿,但我就是不让它进来。"米沃什曾闯过四道"绿色"边界线,从维尔诺长途跋涉到华沙。在德国占领下的华沙,人们随时会被抓进奥斯威辛集中营。"我们明白自己已成为彻底不受保护的动物。有四年时间,我一直心怀恐惧，它像一颗随时会爆炸的炸弹。由于我还没有完成命中注定要做的工作，我愿意苟活下去。"

为谁写作，这是诗人和作家都绕不开的自我诘问，米沃什也不例外。他借谈论艾萨克·巴什维斯·辛格谈到写作的初衷。希特勒上台后，辛格在1934年离开波兰，到了美国。许多年后，他遭遇了无法写作的痛苦。终其一生，辛格始终围绕着一个问题：上帝如何允许如此多的邪恶？犹太人的悲剧，以及代表了成千上万受害者的约伯的呼告，都或隐或显地出现在他的作品里。"最重要的是，他重新发现了自童年时起就占据他的那些伟大的形而上学问题。我亦如此，在遭受移民危机的时期，我开始寻找永远失去的属于童年的那个国度。"米沃什评述辛格道："对上帝的控诉、对魔鬼存在的清醒意识、对天道的信念，就像在我的写作里一样。"

流亡，或旅居异国，且时刻处于边缘状态，这样的身心境况使米沃什成为沉思者。沉思有助于写作，沉思的维度也决定了作家的思想倾向和精神立场。沉思让克尔凯郭尔写出《恐惧与战栗》，让海德格尔写出《林中路》，让尼采写出《查拉图斯特拉如是说》，也让米沃什写出《被禁锢的头脑》《站在人这边》《米沃什词典》。

他注视着人的根本性处境，解析人的存在，也勘察极权国家的制度运行。这不仅需要一种广阔的视野和深邃的透视力，更需要一个大灵魂。正如布罗茨基称赞米沃什是"我们时代最伟大的诗人之一，或许是最伟大的"。

在漫长的流亡岁月里，米沃什遭遇了来自不同营垒的敌手的攻击与诋毁，也获得了同道者的支持。他以加缪为盟友，相互给予精神上的援助。米沃什评价加缪"像一个自由人那样写作"，加缪给米沃什的礼物则是他的友谊。那时的加缪正为伽利玛出版社工作，他推荐了米沃什的文稿。然而米沃什与伽利玛出版社的关系并不融洽，在他获得欧洲文学奖之后，伽利玛出版了《权力的攫取》，随后又出版了《被禁锢的头脑》，但后一本书从没有上过书店的书架。

米沃什对萨特和波伏娃怀有怨愤，他在波伏娃一词下写道："我不能原谅她与萨特联手攻击加缪时表现出的下作。这是道德故事中的一幕：一对所谓的知识分子以政治正确的名义朝一位可敬的、高尚的、讲真话的人，朝一位伟大的作家吐唾沫。是什么样的教条导致的盲目，使她居然要写出一部名为《名士风流》（*Les Mandarins*）的长篇小说来诋毁加缪，将他的观点与人们对他私生活的流言蜚语搅在一起。"他还非常不客气地批评波伏娃:"在女权主义者中,波伏娃的嗓门最大,败坏了女权主义。我尊重乃至崇拜那些出于对妇女命运的体认而捍卫女权的女性,但在波伏娃这里,一切都是对下一场知识时尚的拿捏。这个讨厌的母夜叉。"

4

1948年,米沃什来到旧金山。此后,伯克利群山和旧金山海湾就是他日夜面对的奇美风景。1950年代,据说美国有人用气球将《被禁锢的头脑》飘送到波兰。

《被禁锢的头脑》是米沃什完成于1951年的著作。那时他已离开华沙,住在波兰侨民在巴黎郊区小镇开办的文化之家。米沃什解释"禁锢"一词有"使信服""使信任""被奴役"之义。他说这部书是在祈祷中完成构思的,是痛苦的,也是源于内心的冲动。"如果不是由于我的虔诚,从小就在天主教环境里成长,以及长大后祈祷的能力,我可能根本不知道怎么办,我可能毁灭了几十次。"1951年,被米沃什称为最糟糕的年头。当时,对斯大林的崇拜在法国达到了鼎盛,而萨特正准备在《现代报》向加缪泼污水,因为加缪出版了《反抗者》。

"米沃什的反抗不仅针对极权主义意识形态,也针对西方自由主义,后者被证明在面对极权主义邪恶时是安于现状和精神上空洞无物的。"博格丹娜·卡品特评述道。1951年,米沃什从美国离开,因为麦卡锡正在发起针对共产主义者的政治迫害,恐怖的阴影笼罩在知识界。一些波兰人开始告发米沃什,说他是共产主义的秘密支持者,这意味着他获得美国签证的机会要被耽搁九年;而在进步人士中间,他又获得了一个"叛徒"的标志。"关于意识形态,关于人将自己拖入一个无法逃避的下滑状态的几乎无限的能量,类似于一只铁制滚筒向前滚动的一种力量。"米沃什说,"我写作,就是为了使自己从那个下滑的状态中解脱出来。"

"赞美矛盾——包括他本人的精神矛盾。"卡品特在米沃什五十年文选《站在人这边》的导读中评述道:"米沃什是一个令人吃惊地前后连贯的作家。他漠视知识界和文学界的时尚,把他的写作集中于少数根本性的哲学问题:历史的意义;邪恶和受苦的存在;一切生命的短暂;科学世界观的崛起和宗教想象力的衰落。这些主题一再出现。"

"对于存在的奇异性的形而上之感"是米沃什对自己精神维度的描述。然而绝望感是他对存在的更为具体的体验，甚于他的沮丧。可以说，是内心深处的绝望感催生了《被禁锢的头脑》的写作。对于绝望感，米沃什还有一个说法是"拥有很少的一点希望"。

《被禁锢的头脑》是一份精神分析报告。1980年代末的东欧社会，如昆德拉《生命中不能承受之轻》的叙述，也如德国电影《窃听风暴》的呈现。它们真实展现出国家的病态、社会的畸形以及人的困苦，它们是艺术的记录，同时以精神果实存在于文明的殿堂，证明人类即使在荒诞之年也有怀抱理想生活的权利。

"世界在变成一个集中营。"《生命中不能承受之轻》里的特蕾莎表达了她对生活的看法："集中营，就是日日夜夜，人们永远挤着压着在一起生活的一个世界。残酷和暴力不过是其次要特征（而且绝非必然）。集中营，是对私生活的彻底剥夺。"

"这本书向现代人提出的一个问题是，现代人因为精神空虚陷入一种思想，其后果就是遭到不受制约的毁灭和恐惧，因而自己被利用，被当成精神奴役的工具。"

德国思想家雅斯贝尔斯形容《被禁锢的头脑》是一个文件，也是一部重要的阐释性著作。他在 1953 年为此书所作的德文版序言中写道："极权国家对精神的奴役，在纳粹统治时期，我们德国人是经历过的。从外在方面说，是在当时日常生活的用语、姿态、行动之中；从内在方面说，是在个人感受到的理念之中。无论内外，皆是如此。这一切又在东欧国家，尤其是在波兰的种种现象中，以某种方式真实地表现出来。"

书写是一种寻常的行为，而怎样书写则是鉴别书写者良莠的尺度。里尔克在写雕塑家罗丹时有句箴言："你将得到伟大事物的恩惠。"由此，当我们展卷阅读时，也该为承蒙人类杰出心灵的映照而深感慰藉。

乔治·奥威尔：脸上写着身体受苦的印记

对正义的热情

阅读乔治·奥威尔会成为犯罪，这样的事情现在难以想象，然而它就真实发生在当年的东德。1959年1月13日，莱比锡青年巴德尔·哈泽（Baldur Haase）被捕，他成为政治犯的重要证据之一就是阅读奥威尔的《1984》。说起来，哈泽只是把由朋友处借来的《1984》又转借给两个熟人，因此被控传播具有国家危害性的刊物构成犯罪，判处三年零三个月监禁。1991年，柏林墙倒塌，当地法院为哈泽恢复名誉，他提出请求，将还在他的审判档案中放着的《1984》作为合法财产返还。

哈泽讲述这个故事时,《1984》的德语版已经加印了30多次。

奥威尔在20世纪的影响力不言而喻。米沃什在1953年评论道:"人们首次读到《1984》时,发现在伊顿工学和殖民地接受教育的奥威尔比任何人更了解我们这个社会的灵魂或无灵魂。"这句话在1991年苏联解体时被俄罗斯哲学家再次引用。1977年,教皇约翰·保罗在克拉科夫当主教时,在教堂做过一场关于"奥威尔的《1984》及当代波兰"的讲座。1984年,当奥威尔的作品在全世界被赞扬时,波兰秘密发行了奥威尔邮票、非法日历和被禁的《1984》《动物庄园》,并放映了以这两部小说改编的电影。据相关记录,《1984》和《动物农场》迄今已译成六十多种文字,销量超过四千万册。由彼得·戴维森编辑的《奥威尔全集》,1998年出版,共20卷,厚达8500页。

然而,伴随着巨大的声誉,奥威尔也受尽各种质疑,半个世纪都没有休止。

《1984》差点要了他的命

"他是你无法摆脱的思想先知,短暂一生折射大时代光彩""终身捍卫自由,以写作为武器",新版《奥威尔传:冷峻的良心》中类似的提示会激发读者了解传主的真相——作家的冷峻良心是如何炼成的。

1947年4月,奥威尔回到朱拉岛并继续在岛上艰难度日。在这个异常寒冷的冬天,他患上了严重的支气管炎,在床上一躺就是几星期。他穿着睡衣和粗糙的浴袍,瘦得像骷髅一般,却仍在不停地打字。这种疯狂的工作状态加剧了他的健康恶化,他预感到肺结核迟早会要了他的命。"奥威尔住进了胸外科第三病房,被诊断为两侧肺结核,一侧有大的空洞性病灶,另一侧有阴影。"病房里的奥威尔沉默寡言,医生不知道他是位著名作家。住院期间,他的右手打着石膏,据说医生想以此作为极端措施阻止他写作。据医院的史志记载,医护人员坚持让病人做到身心完全休息,所以没收了他的打字机。当奥威尔继续用圆珠笔写作时,他们为他的手臂打上了石膏。

传记里的这些细节仿佛电影镜头，为我们再现了奥威尔生命最后时刻的凶险幻象。在见过奥威尔的人的记忆中，他是个寡言客气的人，对痛楚和不适表现得坚忍。"在住院头几个月中，他过于虚弱而无力工作，而一旦身体好转就被允许写作。他患了肺结核病，体重下降，发高烧，忍受剧痛，右臂打了石膏，卧床不起，无力打字，但受其内心冲动，继续写作。"医生威廉森在接受传记作家访问时回忆道。

1948年7月28日出院后，奥威尔又回到朱拉岛过起那种艰苦的生活。他意识到死亡正在逼近，这更强化了他的情感，提高了他的表达力。回到朱拉岛，他继续写作《1984》。尽管病得厉害，但还是坐在床上完成了最后一份15万字的打字稿。"然后最后一次垮掉，再也没能康复。"传记作者杰弗里·迈耶斯充满感伤地回忆。

奥威尔生前的友人回忆说："他有开明的信念、按良心办事的性格和理想主义的价值观，并在困难情形下能依靠独自的努力。"奥威尔回答他的性格形成时说："这是我在伊顿接受的教育中最重要的东西，即独立思考的能力。"

"一个又高又瘦的人，脸上写着身体受苦的印记，一代人的冷峻良心,可以说是圣徒。"这是国际笔会会长、伦敦作家协会主席 V. S. 普里切特在奥威尔逝世之后对他的评价。然而现代人好像很难相信什么,比如,有人被冠以"圣徒"或被誉为"义士",人们就会质疑这种人的存在。或者找出他的"平凡"之处,以证明其非圣之状;或者找出他的"不义"之举,以证明其行为的卑下。这么做仿佛会得到某种安慰,可使自己在平庸之中心安理得,在卑怯之下坦然自若,这是世人的常态,也是奥威尔生前与身后引起争议的缘由。

将政治写作变为艺术

奥威尔出生于印度北部比哈尔邦的一个小镇,位于喜马拉雅山脉与恒河之间,祖父是 18 世纪的殖民主义者,依靠掠夺式攫取获得巨额财富,父亲则是殖民地的官员。青年时期的奥威尔成为叛逆者,他抛弃家族传统,在逆境中重建自己的生活。

1928 年春,奥威尔去了巴黎,在那里生活了两年。一年半时间里,他靠积蓄生活,也靠教英语贴补,直到最后一笔钱被偷掉。他先是典当了行李,然后找了一份洗碗的工作。跟别的移居者一样，奥威尔试图在巴黎写作，事实上也的确完成了两部长篇小说，后来又将其毁掉。他真正的目标不只是观察生活和检验自己的生存能力，而是要找到一种写作方法来写他的人生新路。"写作是他生命中极其重要的一件事，没有什么——无论是哪个人——能够耽误他。"奥威尔的友人回忆道。

奥威尔不仅叛逆他的家族，也叛逆他本应属于的知识阶层。他辞去在缅甸的警察职业，脱离公务员的体面生活。在巴黎时，他有意避开移居那里的外国人圈子，也避开文人圈子。奥威尔住在拉丁区肮脏的铁罐街（《巴黎伦敦落魄记》中的金鸡街）。20年代初，海明威与第一任妻子也在该地区住过。奥威尔在巴黎保持着一个局外人的角色，他不参加文学圈的聚会，也没跟海明威、詹姆斯·乔伊斯、巴勃罗·聂鲁达等人见过面。

奥威尔生前几乎病态地执着于摆脱体面的职业束缚，过流浪的生活，有时甚至想进监狱待上一段时间，虽然未能如愿。据说是创作《1984》要了奥威尔的命。这部最后也是付出最多努力的作品构思多年，在伦敦大轰炸期间，在战后德国之行中。《1984》总结了奥威尔一生对于政治的思考，他在《我为什么写作》中写道：

"1936年以来,我所写的每一部严肃作品都是直接或间接反对极权主义,支持我所理解的民主社会主义……过去十年中,我最想做的就是将政治写作变成一种艺术……"在《1984》中,奥威尔混合了时事,创造出一种纪录片式的现实感,把纳粹德国的政治恐怖与20世纪40年代的伦敦相结合。这部小说的力量来自现实主义地利用一些熟悉的材料,并非来自对未来的臆测和幻想。

奥威尔的小说提醒人们警惕他所描述的极权主义世界成为现实的可能性。然而,奥威尔的写作也存有争议,俄裔美籍作家纳博科夫就表示过对他的轻视。纳博科夫在接受记者访谈时毫不掩饰地批评道:"《1984》和《动物庄园》的作者奥威尔的写作很低劣。奥威尔这个人是左翼还是右翼,我从来都不感兴趣。"纳博科夫批评说:"奥威尔只会编排新闻故事,把概念拿来进行图解,写出很糟糕的文学。"

与处于西方精英知识阶层的纳博科夫对奥威尔的批评不同,身处禁锢时期的读者对奥威尔的写作怀有深刻的敬意。曾因阅读《1984》被拘捕囚禁的东德公民哈泽说:"奥威尔以他的小说对我的生活产生了深远影响。

直到1989年秋天，我都过着一名百依百顺的东德公民过的生活，永远失去了站起来反抗的欲望，坚定地认为什么都改变不了。三十多年以来，我在无孔不入的国家权力工具下被迫对过往经历保持沉默，柏林墙倒塌之后，我突然觉得解放了。"

勘察纷争的真相

围绕奥威尔的文学和政治纷争，从20世纪30年代持续到1990年代。

除了来自文学阵营的批评，奥威尔还受到某种质疑。在过去，"奥威尔的名单"一直受到争议，他被人讥刺为"外交部的老大哥""社会主义的偶像成了告密者。""奥威尔的黑名单如何协助秘密服务机构"。一位严于律己的苦行者，一位视写作为生命、视精神价值高于一切的作家，受到致命的毁谤。

1949年5月4日，被称为"奥威尔臭名昭著的秘密共产主义者"名单副本进入英国外交部半公开部门的档案里。在半个世纪中，这份名单争议不断。该名单包含38名记者和作家的名字，奥威尔在给女友西莉亚的信中写道，他们"在我看来是秘密的共产主义者，共产主义的追随者或有共产主义倾向的人，不应该信任他们是（反共）宣传者"。奥威尔的名单分三部分，分别以"名字""工作""言论"命名。其中包括查理·卓别林，这些打着问号的名字表明奥威尔怀疑他们是否真的是秘密共产主义者或共产主义追随者。真正的问题在于这份名单是奥威尔提供给情报部门的，还是只限于朋友之间的私人讨论。

传记作家杰弗里·迈斯耶不愿盲从流行的说辞，尤其在某种毁誉风起之时，他更愿意寻找"事实"，澄清"真相"。在传记的附录里，迈耶斯还原了他对相关问题的持续调查、不懈追问和反复考证，事实证明，当事者所指控的"真相"，实际上是流传已久的"谎言"。在写到奥威尔当年的指控者弗兰克福的反应时，迈耶斯说："他窘迫地在电视节目上收回他说过的话，再加上我采访时他充满内疚的辩解，似乎全由良心不安引起。"

艾略特：一位精神觉醒者的试炼秘境

1

林德尔·戈登眼睛紧盯着艾略特的经验世界，他的叙事视角精确如同摄影机，摄录的事物很多都是难以言传的体验。"你可以叫它通灵，也可以叫它心灵短暂的澄明。"他这样解说艾略特在青年时代所体验到的某种寂静时刻的照临。艾略特则以诗句自述这种体验："这静谧令我深深敬畏，除此之外，别无所有。"那时，艾略特刚从哈佛毕业，他走在波士顿街头，忽然置身于一种奇异的寂静，仿佛行走在分开的海面之间。

人类对世界的认识总是需要某种介质的引领，对人的认识也如是,为杰出者立传是通往杰出者的基本路径。《不完美的一生:艾略特传》吸引我的是它的灵视视角,以及对精神事物的洞察。这部 51 万字的著作仿佛一部功能精密的挖掘机,既深入开垦艾略特个人的经验世界,也广阔掘进艾略特所在时代的风云图景,让我们看到杰出作家如何应对他所面临的时代困惑和精神疑难。它提供了令人沉浸的纷繁的生活场景,提供了一个杰出生命赖以存在的无限的精神背景。在多次阅读中,我总是被类似如下的历史细节所打动:

1918 年夏天,艾略特和薇薇恩住在伦敦马洛镇西街 31 号,每天早上乘地铁上班。深色的套装和圆顶礼帽让他泯然于从郊区来城市上班的人潮。下车后,他仍然在摩肩接踵的人群里穿过伦敦桥,行走在穿梭的马车、敞篷巴士、帐篷顶的货车和街头小贩之间。赶路间他瞥见远处屹立于黯淡的伦敦楼群之间的圣马格努斯大教堂,白色塔楼和精美的雷恩式尖顶高耸在四周锈迹斑斑的码头区破败的棕色屋宇之上,穹顶和螺旋之下的一排花窗灿烂夺目。在艾略特的伦敦,雷恩美丽而空荡的教堂高耸在城市之上，与银行和商号形成壮丽的抗衡，坚毅地忍受着那些足下生风的人群。

我欣赏人在灾难和动荡中的坚毅神情。2020年春天，当疫情在全球汹涌之时，也是我的艾略特阅读季。

2

被称为现代主义文学先驱的艾略特，出生于密苏里州，他的祖父在那里创建了华盛顿大学，父亲是殷实的商人，母亲出身英格兰名门，艾略特是父母的第七个孩子。1906年，艾略特进入哈佛大学专修哲学，1910年至1911年他去巴黎大学攻读哲学和文学，同年10月又回到哈佛继续哲学研究。1914年，他以客座研究员的资格去德国，不久又赴英国牛津大学。因为第一次世界大战期间德国潜艇对海上船只滥施袭击，他不能回英国参加论文答辩而未获得学位。

我对艾略特在战乱中的状态怀有好奇。战争使生命化为烟尘，同时摧毁一切美好的事物，能在战乱时代幸存则需要坚韧的生命意志。

1940年11月3日,艾略特在寄给友人的信中称德国空军每晚必掠过他们的头顶,德军每周对伦敦的闪电式空袭一次次打断他的创作。艾略特通常在周三乘车去伦敦城,简要处理一些事务,晚上或下榻肯星顿的贝维德雷酒店,或借宿友人家加固的地下防空洞中。周四周五值班时,艾略特靠单人纸牌游戏打发时间,周末再去沙姆利草地的住处休养。周一和周二则是他的写作时间。1940年至1941年的冬季他几乎谁也不见,在这前所未有的自由中为诗歌倾注了全部心血。他每周来到满目疮痍的伦敦,这座城市比史上任何一个时刻都更接近毁灭。

组诗《四个四重奏》无疑是艾略特的代表作,其中《荒原》显示出艾略特对他所在的时代图景的深度观察。他将拥挤而死寂的人类之城、上帝之城以及但丁笔下的炼狱作了简短对比。鬼魂般的小矮人有着玩具般的机械身体,在砖瓦与钢铁中掘洞而居,在水泥与天空之间挤作一团。他们四周盘桓着一类幽暗的意识,一个影影绰绰、令人生疑的世界。

《荒原》被视为现代主义的发轫之作,面世之后经久流传,成为世界文学的瑰宝。

1922年1月艾略特重回伦敦时，经历了内心的垮塌。他看见骑兵列车载满前去送命的人，从滑铁卢站开出。在艾略特看来，德军空袭这一历史事件也标志着他自己的变化，他看到炸弹像炼狱之火一般医病的潜能。"每场空袭过后，碎屑与灰烬会在伦敦的空气中停留几个小时，然后缓慢下沉，在人身上蒙上一层细密的白灰。这是外在的火，而内心的火将一直燃烧到战争之后。艾略特空袭预警的值班职责要求他从南肯星顿的房顶观测炸弹。"

"在艾略特的诗歌和散文中有一种很特殊的声音，这种声音使我们这个时代不得不加以重视，这是以一种钻石般的锋利切入我们这代人的意识的能力。"1948年，艾略特被授予诺贝尔文学奖，瑞典学院常务秘书安德斯·奥斯特林致授奖辞时说："《荒原》——当它晦涩而娴熟的文字形式最终显示它的秘密时，没有人不会感受到这个标题的可怕含义。这篇悲怆而低沉的叙事诗，意在描写现代文明的衰败和凋零，在一系列时而现实时而神化的插曲中，景象相互撞击，却又产生了难以形容的整体效果。全诗共有四百三十六行，但实际上它的内涵要大于同样页数的一本小说。《荒原》的问世已有四分之一个世纪,但不幸的是,在原子时代的阴影下,它灾难性的预见在现实中仍有着同样的力量。"

3

"在星辰底下,在那颗流星上悬着我的命运,在必朽的事物当中。"《不完美的一生:艾略特传》描写了20世纪最伟大的诗人的一生,也考察了游走在他身上的圣徒与罪人之间的深壑。

"灵视"是一个具有灵性意义的词语,指称的是"灵魂之所见"或"所见的灵性之世界"。《不完美的一生》是艾略特的人生传记,也是他的灵魂传记。

早在1910年和1911年的学生时代,艾略特就开始以神圣的追求度量自己的人生。艾略特晚年离群索居,退守回祷告与修会的规律生活。他在少年时代就拥有对圣徒的崇高使命,渴望依凭自己的灵视,而这灵视中的幻景已远远超出现世文明想象力的边界。居于这隐秘生活核心的是对神迹(sign)的追寻。他说:"杰出的作家不在时代之中,也不在时代之外,而在时代之上。"艾略特令我感觉亲近,首先是他对灵性生活的守护,是他在乱世中的疏离和镇定,以及将一切痛楚和祸患化为写作资源的能力。我想知道这个人是如何挨过生而为人的危机与困苦的。

从陀思妥耶夫斯基那里,艾略特学会了身为作家如何在写作中利用自己的弱点。他看到陀思妥耶夫斯基的癫痫和癔症如何从个体缺陷变成通往一个真实的个人宇宙的入口——与生俱来的弱点在遇到有能力研究它的人时都会这样。艾略特认为,对某类特殊的人而言,宗教生活始于一种"对生命和苦难之无序、徒劳、无意义与神秘的感知"。他的诗学理论表明"诗人应当表现一种灵视的景象,它涵盖诗歌以外一切生活的系统构想。他不想端出一锅心情、洞见和感受的杂烩,希望自己的诗止于一套系统的哲学,又从中生发出一条生活道路。他坚信诗人应满怀激情地感受到那构成他时代真理的东西,不管那是什么"。

4

人类无论生活在任何时代都是相似的。战争、革命、危机,这些激荡的社会狂澜在每个时代都会出现。

所幸的是，在暴虐之力摧毁美善之物的同时，人类也学会了保存文明的遗迹，学会了珍视杰出者的精神遗产。

在《不完美的一生》里，戈登讲述了艾略特写作的秘辛：关于神秘主义的阅读、《荒原》断章日期的确定、关于《荒原》（1922）与《尤利西斯》（1922）的札记等，显示出传记作家严谨而扎实的考据功力。

戈登在写作过程中经常前往各地图书馆查寻艾略特浩如烟海的材料。"纽约公共图书馆重要的伯格资料室（Berg Collection）里存有艾略特早年的珍宝：《荒原》和《三月野兔创意曲》（青年时期的笔记本作品）。艾略特曾在笔记本上字迹工整地誊抄了许多诗作，其中大多数从未发表。幸运的是，他为这些作品标注了日期，因此，尽管他出于节俭而不时在前面的空白页上重新写字，但我还是能够为这些作品排序。笔记本还包含《普鲁弗洛克》的一份草稿，其中有1912年的增补——这部分在发表前删去了。"

2017年深秋，我应邀到纽约、洛杉矶和旧金山访问。初到纽约有种说不出的失望。夜色降临，纽约街头到处都是装满垃圾的橡胶袋子，敞开盖的垃圾箱恶臭弥漫，街上到处可见席地而卧的流浪汉。我惊诧于地铁口的狭窄，忧虑纽约市民在突发事件来临时如何逃生。

然而当我看到纽约公共图书馆的时候，我开始修正对这座城市的观感。位于曼哈顿第五大道40街的纽约公共图书馆，恢宏如圣殿，它的建筑风格为新古典主义，大理石外墙结实厚重。这是美国最大的市立公共图书馆，1895年由阿斯特图书馆、伦诺克斯图书馆和蒂尔登信托公司合并而成，图书馆正楼前左右两侧矗立着两尊石雕雄狮。纽约的朋友Faye女士告诉我，这两尊雄狮被命名为"阿斯特狮"和"莱努克斯狮"，诞生于美国大萧条时期，时任纽约市市长为鼓励市民战胜经济危机，将这两座石狮取名为"忍耐"和"坚强"。

纽约公共图书馆的伯格资料室还存放着装有艾略特少作的文件夹，一些为手写文稿，大多数是打字稿。这里也存有艾略特从未发表的作品，以及发表过的作品草稿，《不朽的低语》一诗就有七版草稿。戈登写道："辨认艾略特在1910年至1911年间的字体变化至关重要，同样重要的还有原纸上的水印，这些都有助于我们判定艾略特作品的顺序。1920年代初，艾略特曾与莱纳德·伍尔夫通信，这封重要的通信也保存在伯格资料室。"

真要感谢这些杰出的传记作家,他们投身于浩如烟海的史籍和秘辛,梳理材料,勘察遗迹,为后世读者提供了辨识杰出者的文本。没有这些杰出的文本,人类对杰出者的认识终将是浅显的,我们也将无法知晓杰出者灵魂的深邃与精神的辽阔。而所有人类的杰出者都是普遍文明的星辰,将在世纪的暗夜照亮人类前行的旅程。

马尔克斯：你属于我热爱的那个世界

1

"你的落魄，瞎子都看得见。"1950 年 2 月 18 日，母亲在马尔克斯常去的巴兰基亚世界书店找到他。母亲差点没认出他来，她为儿子的落魄而揪心。此时的马尔克斯念了三年大学，刚从法律系辍学，幻想以新闻和文学为生，把所有时间都用在写作和读书上。23 岁逃过兵役，得过两次淋病，每天抽六十根劣质香烟，在哥伦比亚沿加勒比海城市巴兰基亚和卡塔赫纳游荡，为《先驱报》撰稿，赚取微薄的稿酬，天黑了就随便在哪儿凑合一夜。当时的处境用马尔克斯自己的话说是前途一抹黑,生活一团糟。

2002年,74岁的马尔克斯把他跟母亲重返故乡阿拉卡塔卡镇的经历写进了回忆录《活着为了讲述》。那时他已患上严重的淋巴癌,这位被视为健在的最伟大的小说家用回忆录对人生做了深情眺望。

多年前的那个时刻,马尔克斯的父母准备变卖外祖父的老宅。母亲养育了11个孩子,他是长子,母亲找他陪自己回家乡卖房,但她同时也怀着隐秘的愿望,希望儿子能顺遂父亲的意志。性情火爆的父亲希望马尔克斯继续学业,拿个学位——什么都可以,只要是学位。

"告诉他,这辈子我只想当作家,也一定能当上。"马尔克斯对母亲说。在《活着为了讲述》第一章里,母亲浸透忧愁的问话在他们前往故乡的旅途中出现了三次,三次中唯有医生支持他的志向抉择。"艺术志向最为神秘,让人甘愿奉献一生,不求回报。"医生对母亲说,而马尔克斯的回答还是那句"这辈子我只想当作家"。

此时的马尔克斯已经在报纸增刊上发表了六个短篇小说,也引起了几位评论家的注意。但这远说不上成功,相反还将他拖到一个幽暗困顿的境地。他在一家便宜的小旅馆住了将近一年，全部家当只有一双沧桑的凉鞋和两套换洗衣服（洗澡时顺便搓搓）。某天，在一次街头骚乱中，他从波哥大最贵的茶餐厅偷来一个皮文件夹，里面开始夹着他正在创作的文稿。什么都能丢，文稿不能丢，走到哪儿带到哪儿，实在没钱了，就把涂改得面目全非的手稿抵押给旅馆门卫赊房钱，抵押一次，能赊三晚。

马尔克斯在小旅馆积攒了个人信用，妓女会把自己的香皂借给他洗澡。哪天夜里要是无聊，朋友也会叫上他一起在狼藉的红灯区过一晚。周末他会落单，因为别人都回家了。他穷困潦倒，脸皮又薄，索性用孤傲不逊、直来直去做掩饰。他躲在安静的角落里，十个小时不间断地写作，不间断地抽劣质香烟，把自己笼罩在烟雾中，不跟任何人交流，孤独得无法自拔。他常常写到天明，写在条状的新闻纸上，装进皮文件夹。"我是个典型的加勒比人，伤感、腼腆、重隐私，坚信自己的厄运与生俱来，无可补救。但我不在乎，因为写好文章不需要好运气。我对荣誉、金钱、衰老一概不感兴趣，我笃信自己会年纪轻轻地死在街头。"

然而就在这一年，陪母亲从巴兰基亚到故乡阿拉卡塔卡的卖房之旅把马尔克斯从深渊中拯救了出来。他和母亲乘坐破烂不堪的汽车驶出殖民时期奴隶挖成的航道，穿过大片浑浊荒凉的沼泽，来到神秘的谢纳加，最后转乘普通列车前往辽阔的香蕉种植园，途中无数次停靠在尘土飞扬的村庄和孤苦伶仃的车站。他和母亲冒着瓢泼大雨，怀揣32比索，回到故乡。"此生有过无数次旅行，这是决定性的一次，"马尔克斯说，"我决定写一部全新的小说，迈向全新的未来。"

2

1982年10月，马尔克斯获得诺贝尔文学奖，瑞典学院为这位哥伦比亚作家献上了至高的荣誉，拉美爆炸文学风行世界，也席卷了刚刚改革开放的中国。在中国，马尔克斯被年轻一代具有先锋精神和叛逆思想的作家奉为偶像，在没有取得版权的情况下，《百年孤独》大量印行，成为年轻作家言必称之的读物。这热潮使得中国新时期的先锋文学有着浓厚的拉美味道，各种实验文本都弥漫着《百年孤独》般的腔调和恣肆的想象。2011年中国出版界在获得中文版授权后又引发了一轮拉美文学热,马尔克斯被奉为神祇,被新一代作家和读者追捧、膜拜。

《活着为了讲述》的特别之处在于,马尔克斯聚焦早期写作生涯,呈现奋斗时期的幽暗与艰辛,让读者看到了一个在逆旅中苦苦挣扎又不乏幽默的人。自传呈现了马尔克斯很多杰出作品的创作经过。《枯枝败叶》《恶时辰》《没有人给他写信的上校》《礼拜二午睡时刻》《族长的秋天》《一场事先张扬的凶杀案》《霍乱时期的爱情》,这些作品如今在中文世界风行,然而它们在当年却让马尔克斯屡遭困顿。在长篇访谈集《番石榴飘香》中,马尔克斯以慈父般的柔情看待他早期被反复拒绝的作品。《枯枝败叶》整整花了五年时间才找到一家出版社,《没有人给他写信的上校》交给伽利玛出版社后又被原封不动地退回。马尔克斯在写作《百年孤独》时辞去新闻工作,没有任何经济来源,只靠妻子节俭度日。

我以为杰出的作家都是被上天选中、身负书写使命的人,在他们有所成就之前必须经过多重磨砺。这样的暗淡时光几乎出现在每一个伟大作家的生命中。作家就是这样一种生物,在艰难中更能检测出他的能量。

3

1981年,时任法国总统密特朗在爱丽舍宫为马尔克斯颁发"荣誉骑士勋章",在他发表的简短演讲中,有一句话令马尔克斯感动得热泪盈眶。密特朗说:"你属于我热爱的那个世界。"

"作家把自己放在他的时代、国族的心灵地图上,也放在思想史的心灵地图上。"昆德拉在《小说的艺术》中如是说。我们对小说家命运的探究也是对文明的探究,杰出小说家的创造就是对文明的创造。这是我们好奇那些伟大的作品是如何创作出来的原因。

在自传中,马尔克斯多次描述他所生活的国家,和他出生的神秘村落马孔多。拉丁美洲的动荡、冲突、革命,荒蛮又具有神异传奇的农庄,生息在那片土地上的人民,让他灵魂战栗的家族故事……马尔克斯那些最重要的作品(包括《百年孤独》),都是在他身心困顿时期完成的。"要么写作,要么死去。"这是马尔克斯说给自己的话,为此他甘愿在困顿中求生。

那时,马尔克斯在博拉瓦尔还有一批文学的师友,他也经常参加媒体界"巴兰基亚文学小组"的活动。在这个文学小组中,数马尔克斯最穷困潦倒。虽然他打着两份工,但薪水都不高。他常常躲在罗马咖啡馆僻静的角落里,写到天明,或读到天明。饿了就喝一杯浓巧克力,再吃一块夹着上好西班牙火腿的三明治,然后在玻利瓦尔大道开花的可可树下散步,沐浴着晨曦。他有时会在报社写到很晚,然后在空荡荡的编辑部或成卷的新闻纸上睡几个小时。日子久了,总得找个正常点儿的住处,最后他住到了玻利瓦尔大道一家靠近教堂的旅馆。那里的傍晚,总是徘徊着落魄的妓女。

陪妈妈回卡塔卡的旅行,以及和"巴兰基亚文学小组"的深情厚谊,给马尔克斯注入了新的活力,让他受益终生。这个时期他只有一个信念:"写自己想要写的那种小说。"返乡的经历作为最重要的经历成为他日后创作不竭的灵感资源。1960年代,他以故乡马孔多为原型写出了包括《百年孤独》《枯枝败叶》《恶时辰》《没有人给他写信的上校》《礼拜二午睡时刻》等重要作品。他在1970年代的作品《世上最美的溺水者》《蓝狗的眼睛》《族长的秋天》,以及1980年代的作品《一桩事先张扬的谋杀案》《霍乱时期的爱情》《苦妓回忆录》

等，也多以此为艺术灵感。

1960年，马尔克斯授权卡门·巴尔塞伊丝和她的丈夫路易斯·帕洛马雷斯作为自己的出版代理人，代理期为"150年"。马尔克斯将这份世纪合约签给卡门时，《百年孤独》还没问世，他还在苦苦挣扎。

卡门是国际著名的版权经纪人，先后在罗马、巴黎等大城市的版权公司任职，1956年建立了以自己名字命名的版权代理公司。1967年7月，卡门见到马尔克斯，为他代理了四本书的版权，然而这四本书只卖出去1000美金，但马尔克斯很快以创作实绩证明了他的才华。

1967年5月30日，阿根廷南美出版社出版了马尔克斯的杰作《百年孤独》。此后，《百年孤独》开始成为世界多家著名出版社的镇社之作。在卡门的推荐与奔走下，法国、意大利、美国、德国先后获得出版授权；到1970年，《百年孤独》已售出英国、丹麦、芬兰等16种国际版权。

1982年，马尔克斯获得诺贝尔文学奖，授奖词说道："加西亚·马尔克斯用他的故事创造了一个他自己的世界，这是一个微观的世界。在其喧嚣纷乱、令人困惑但也令人信服的确定的现实中,它反映了一个大陆及其人们的财富与贫困。"

2014年4月17日,马尔克斯在墨西哥病逝。他是得到安慰的人。他在生前看到了人们对他的爱,看到了他的作品对世人的滋养。虽然有很长时间他因淋巴癌不能说话,但他最重要的讲述在生前都已完成,并在世界流传,辞世之后的他也依然在时间中流传。

乔伊斯：思想是痛苦涨潮时的救生艇

仿佛孤立无援的落魄海盗

"我像个苦役犯、驴子、牲畜似的工作。我甚至都没法睡觉。"这是詹姆斯·乔伊斯的自况。1920年12月，乔伊斯在拉斯拜尔街昏暗的公寓里，忍受着虹膜炎发作的痛苦写作《尤利西斯》。此时他的眼疾越来越重，多次手术使他身陷困苦。乔伊斯频繁变换居所，在公寓旅馆居住时寒冷难当，只好披着毯子、头上包着围巾写作。乔伊斯熬夜写作时，瞳孔在房间微弱的灯光下像要裂开一样。然而，只要没有因疼痛发作而卧床不起他就一直写作；因病卧床时他就一直思考。这是出现在《最危险的书:为乔伊斯的〈尤利西斯〉而战》中乔伊斯的肖像。

2017年深秋,我在美国旅行,朋友开车沿西海岸自驾游。从洛杉矶到旧金山的途中,在名叫圣塔芭芭拉的小镇,路遇一家以詹姆斯·乔伊斯命名的酒馆。临街的玻璃橱窗喷绘有乔伊斯的简笔肖像——头戴礼帽,鼻梁架着圆形墨镜,身穿西服,叼着烟斗。旅行手册上介绍,这是乔伊斯曾经光顾过的酒馆。夕阳沉落,我停下来,站在橱窗前跟乔伊斯待了一会儿。

我已有持续数年阅读乔伊斯的经验,如果说此前的阅读是在前往乔伊斯的密林小径,那么《最危险的书》就是攀缘一座奇崛的雪峰。打开《最危险的书》,也是打开乔伊斯奇崛的生命历程。它是对这位旷世文学天才的人生叙述,也是对杰出作家创造力的解密。《最危险的书》勾勒了乔伊斯的命运曲线,也呈现出环绕着他的一个群像。

1917年夏,美国作家玛格丽特·安德森和简·希普搬到纽约,她们住在第16大街一幢四居室的公寓里,楼下是一家殡仪公司和一家虫害防治公司。公寓的一个房间用来举办现代派杂志《小评论》文学沙龙,诗人、画家、无政府主义者齐聚一堂,寻找灵感。同年5月,诗人庞德成了《小评论》的海外编辑。此时的乔伊斯经常从他寄居的苏黎世投稿给《小评论》。这个以诗人庞德为首的纽约先锋文学小团体,以及在巴黎以莎士比亚书店经理人西尔维亚·米奇为首的出版人圈子,成为改变乔伊斯命运的力量,也激励乔伊斯比以往更勇敢地投身写作。

写作《尤利西斯》时,正值第一次世界大战爆发。在完成第一章时,乔伊斯任教的贝利茨学校在同一天停课,教师被征召入伍,学生们不是从军就是逃亡。当炮弹和空袭逼近乔伊斯里雅斯特的公寓时,他还在埋头创作。这是乔伊斯最艰难的时刻:失业,和妻子拉扯两个孩子,战争的威胁,经济上入不敷出。

乔伊斯戴着黑色眼罩的形象为世人所知,有人将其喻为在巴黎孤立无援的落魄海盗。乔伊斯沉浸于狂热而强劲的创作,如同被涨潮的海水湮没。他穷困不堪,同时承受着一系列痛苦的眼疾:青光眼、白内障、角膜薄翳以及繁多的眼部手术。虹膜切除术是外科手术中最难操作的,而乔伊斯的病情又非常复杂。1923年4月他进行了第一次眼睛手术,1924年又完成了两个手术——

6月的虹膜完整切除术和11月的白内障摘除术，1930年做了第12次手术。痛苦的生活和不断减损的视力深刻地改变了乔伊斯对世界和人性的理解。"疼痛使世界崩溃，他的思想是痛苦涨潮时唯一的救生艇。"凯文·伯明翰在《最危险的书》里写道。

生活就是一场守尸礼

有一个中文世界的乔伊斯，异端而幽僻，难以被大众阅读。

"生活就是一场守尸礼，要么和它一起生，要么和它一起痛。"乔伊斯的这句话我最初读到时如霹雳闪过。这是视力微弱、疾病缠身的乔伊斯写作《芬尼根的守灵夜》时的独白。

我最初是在医院急救室里读到传记《乔伊斯》的，精装，轻型纸，手感舒适，作者是爱尔兰小说家埃德娜·奥布赖恩。急救室的空间是敞开的，每张床之间只隔着帷帘，病人的呻吟和陪护者的私语时而可闻。我在医院陪护家人，等病人睡着的时候就打开《乔伊斯》，斜坐在折叠椅上读几页。每日出入医院，频繁看见人的病苦和哀伤，也包括死亡。突然之间就爆发出女人的哭嚎声，那是刚刚停止呼吸的老人的亲人痛彻心扉的哀叫。在这样的时刻读《乔伊斯》，我让自己沉浸在这位20世纪文学巨匠困苦而异端的个人世界。

我的居所有两本《乔伊斯》，一本是在台北诚品书店买的，一本是在北京三联书店买的，它们带给我不同的手感，我会变换着读。书架上还有《尤利西斯》三卷集，有《乔伊斯传》三卷集，《乔伊斯文集》也在，还包括多种版本的《一个青年艺术家的肖像》和《都柏林人》。乔伊斯为什么如此密集地环绕在我的阅读世界？因为他的困顿和悲怆的个人生活，也因为他那诡异的生命史。然而有很长一段时间我都是躲避乔伊斯的，在很多读者眼里，《尤利西斯》如同天书，《芬尼根的守灵夜》如同天书。在中文世界里，乔伊斯是作为异端者被呈现的，他令我们难以亲近，也不可企及。

真正进入乔伊斯的世界是在我离职之后。结束职业生涯的奔波与劳顿，我可以沉潜阅读，也更容易理解乔伊斯身陷困顿的境况。"我的目标是要为祖国写一部精神史"，这是乔伊斯在小说集《都柏林人》里写下的话。在我的书桌旁有我抄录的乔伊斯的这段语录。这是

1984年10月上海文艺版的《都柏林人》，我手里的版本是1993年5月第二次印刷的，印数36 000册，定价3.50元，小32开，263页，薄薄的一册。由此也可以看到持续近10年的外国文学热潮。译者在写于1984年的序言中对《都柏林人》批评道："乔伊斯流露或蕴含的人生观，从根本上讲，乃是个人主义和唯心主义的。况且，他在生活同创作道路上，日益脱离祖国和人民，游离于充满矛盾的现实生活之外，以超然的旁观者自居，故而其作品大都基调阴沉、色泽暗淡，往往弥漫着悒郁的气息，这些是不足为训的。"打动我的是前记里的如下细节："《都柏林人》的原稿曾先后投给二十二个（有说是四十个）出版商，每次都退稿。几经波折，好不容易被一家出版社接受，又压了八年之久才问世。"然而，这个珍贵的细节在2016年1月浙江文艺出版社的版本中消失了，当然，对乔伊斯写作倾向的批评也消失了。

相较而言，由乔伊斯的同胞、爱尔兰小说家埃德娜·奥布赖恩所著的传记《乔伊斯》更为公允也更为深入地呈现出乔伊斯的生命史。"对这位年方二十二岁的作家来说，爱尔兰将成为他想象力的催化剂。此外还有两个要素——记忆和流亡——使它如虎添翼。""乔伊斯的精神世界是混乱的,他是一个脆弱而歇斯底里的人,人们经常看到他在为他的祖国哭泣,为千百年来那片土地上饱受折磨的成千上万的灵魂哭泣。他对政治、王权、共和、国王和教皇都嗤之以鼻。他不向任何人卑躬屈膝。"

"我不会服务于那些我不再相信的东西,不管你称之为我的家庭,我的祖国,还是我的宗教。"这句话出自乔伊斯的小说《一个青年艺术家的肖像》。流亡美国的罗马尼亚作家诺曼·马内阿在青年时代将乔伊斯的这句话抄在纸条上,揣在口袋里,成为个人信念。乔伊斯对这个世界的影响,在不同时代不同人的精神层面留下的印迹难以估量,只有在更开放的语境下才能窥见它的身影。

神圣的艺术品将永存

1919年,10枚炸弹在旧金山、密尔沃基、克利夫兰、纽约等城市同时爆炸。在华盛顿,一个拎着大手提箱的人踏上了通往司法部部长家前门的台阶,炸弹在部长家的院子里爆炸。从1919年到1920年初,美国政府在全美展开"红色大搜捕",拘留上万名嫌疑人,几百名外国人被驱逐出境。《小评论》也被查禁,乔伊斯作品唯一的发表平台受到限制。情报总部将大约50万破坏分子登记在案,埃兹拉·庞德、欧内斯特·海明威、西奥多·德莱塞、约翰·斯坦贝克都被存档待查,乔伊斯也不例外。更麻烦的是,《尤利西斯》被美国法官指控为"淫秽作品"。此后,为《尤利西斯》而战,便缔造了世界文学史上的奇案。

围绕美国控告《尤利西斯》是否为"淫秽作品",作家是否因写作淫秽作品成罪,在美国司法界和文化界展开了惊心动魄的论辩。参与缔造这桩奇案的有诗人庞德、爱略特,以及巴黎莎士比亚书店经理人西尔维亚·比奇。案件最后的胜诉是人们对天才的热爱,对创作自由的捍卫,也是对文明的守护。

考察20世纪世界文学史,不能不承认,就文学创作而言,乔伊斯所在的时代是黄金时代。天才的诞生,尽管经历重重困厄,然而在天才的周围也聚集着一群热爱天才并为之奉献的人,不仅奉献金钱、时间、心血,还愿意为此承担风险。

然而乔伊斯必须熬过他人生最幽暗的时刻。很长时间，乔伊斯除了身体的疾病，还有他在社交和文学上的孤立。弗吉尼亚·伍尔夫不喜欢《尤利西斯》，她在《泰晤士报文学增刊》上评论《尤利西斯》："简单来说，是失败之作，因为作者的思想相对贫瘠。"庞德在看完《尤利西斯》的样稿后写信询问乔伊斯是不是因为"被什么东西击中了头或者被野狗咬了才变得这么疯癫"。为了让乔伊斯在战争和经济衰退期间专心创作《尤利西斯》，美国出版人韦弗竭尽所能帮助乔伊斯缓解经济困难。1916年她寄给乔伊斯50英镑，假称是《画像》连载的稿费，这笔钱相当于《自我主义者》杂志一年的收入。1919年2月，韦弗小姐匿名捐赠给乔伊斯5 000英镑战争债券，乔伊斯每年可以获得250英镑的利息。1920年8月，她又捐赠了2 000英镑。在《尤利西斯》写作和修改的后期，乔伊斯从韦弗小姐的两次捐赠中每年可以得到350英镑（相当于现在的11 000英镑）。她还时不时地给予乔伊斯小额资助，希望他获得不受市场约束的创作自由。

《最危险的书》以更开放的语境，更翔实的考据，呈现了一群人为一位艺术家所做的惊人的工作。他们珍视乔伊斯的天才,捍卫他的写作权利,使他那惊世骇俗的作品由被判有罪到合法行世。

很久以来,乔伊斯的小说都被称为"天启之作",《尤利西斯》和《芬尼根守灵夜》被视为文学祭坛的天书,对很多读者而言,这些文学创造物是难以破译的。然而《最危险的书》为我们解密了乔伊斯的创作过程,还原了他艰辛的文学劳作实况。

> 尽管遭受着战争、疼痛、阿托品引发的幻觉、无力赚钱养家等问题的困扰,乔伊斯还是想方设法继续《尤利西斯》的创作。下午早些时候疼痛减轻、瞳孔可以自由活动的日子,都可谓是病里偷闲、见缝插针。乔伊斯把短句草草地写在小纸条上,又把纸条像复活节彩蛋一样丢在公寓意想不到的角落里。他感觉身体好一点的时候就把纸条尽力收集起来,从只言片语里拼写出小说的情节。他很少有灵感迸发从而一口气写好几段的时候。《尤利西斯》是由一系列草稿组成的,是一点一滴积累出来的。

如今，《尤利西斯》被誉为世界文学的天启之作，被翻译成超过 20 种语言出版，包括阿拉伯语、加泰罗尼亚语和马拉雅拉姆语。每年的 6 月 16 日，世界各地的人聚集一堂，庆祝布卢姆日。他们装扮成《尤利西斯》的主人公，重演《尤利西斯》的场景，唱着书中的歌曲，在临时搭建的夜市里狂欢。东京、墨西哥城和布宜诺斯艾利斯都举办过布卢姆日庆典。60 个国家的 200 个城市庆祝过乔伊斯的小说。乔伊斯学术工业在 20 世纪 60 年代开始兴盛并不断繁荣，大概有 300 本书和超过 3 000 篇学术论文专门讨论或涉及《尤利西斯》。

"如果没有《尤利西斯》，就不可能有纳博科夫的《洛丽塔》。"有论者将纳博科夫与乔伊斯比较，纳博科夫回应道："不过我的英语水平就是刚会拍皮球，而乔伊斯已经是冠军了。"纳博科夫还说："一件神圣的艺术品，尽管虚无的学术将它转变为象征符号或希腊神话的结合，但它将永存。"

茨威格：苍白的马闯进人类生活

1

"善没有理由战胜不了恶，只要天使们能像黑手党那样组织起来。"以黑色幽默见长的美国作家库尔特·冯内古特在《没有国家的人》里的这句话意味深长。美善而优良的人应该更强悍、更坚韧，可以经受得住残酷时代的淬炼，也可以经受得起在黑暗时光里对黎明的漫长等待。

"苍白的马"作为某种意象萦绕在斯蒂芬·茨威格的心头，是在他被纳粹驱逐、远离祖国奥地利流亡英国的时候。这个意象出现在茨威格为《昨日的世界》所作序言的注释里。德国画家阿尔布雷特·丢勒创作过一幅铜版画《四骑士》，取材于《圣经·新约》。在《约翰启示录》里，以异象为预言，预示了世界末日大动乱的恐怖景象，其中四骑士分别象征瘟疫、战争、饥馑、死亡。1942年，茨威格在《昨日的世界》中写道："《约翰启示录》里那几匹苍白的马全都闯入过我的生活。凡是能想象得出的一切灾难，我都从头至尾饱尝过。"

人如沙砾，投入惊涛骇浪，被战乱驱赶的难民如同潮汐狂卷。1934年春，旅居英国的茨威格详尽写到他目睹的难民潮。逃往英国的犹太人一周比一周多，一月比一月多。后来的难民比先到的难民愈来愈落魄，愈来愈颓唐。那个史无前例的仇恨狂人希特勒要把他们赶到世界尽头，赶进地狱。纳粹先是剥夺了犹太人的职业，继而禁止犹太人去剧院、电影院、博物馆，禁止犹太族的研究人员使用图书馆。纳粹还赶走犹太人家中的仆人，拆走犹太人家中的收音机和电话机，然后没收犹太人的住宅。没有逃走的犹太人被送到集中营，等待他们的是长久的囚禁、焚尸炉和毒气室。

茨威格描述的这幅图景，我曾到访其地。2006年6月，我应邀到波兰访问时前往克拉科夫老城奥斯威辛-

比克瑙纳粹德国集中营和灭绝营遗址参观。在第二次世界大战波兰被纳粹德国占领期间，有超过100万名犹太人以及大量的波兰人和罗马人在这里遭到系统性谋杀。当时我已看过斯皮尔伯格的《辛德勒的名单》，旅美音乐家马友友为电影演奏的大提琴主曲，深沉而悲怆；我还看过罗曼·波兰斯基的《钢琴师》，看过朱塞佩·多纳托雷的《西西里的美丽传说》，这些电影都是表现德国法西斯暴行的。当我走向奥斯威辛集中营遗址时，仿佛走进了电影场景，然而这是真实的历史现场。在铁丝网密布的兵营穿行，观看冰凉的焚尸炉和毒气室，观看陈列在巨大玻璃房中被剪下的妇女的头发，观看失去主人的堆积如山的旅行箱、眼镜和鞋子。我踩着坑洼不平的石阶下到地下囚室，看到散发着霉味的囚衣。

　　茨威格是在战争期间客居巴西彼得罗波利斯小镇时撰写这部回忆录的。他把自己关在旅馆，这里没有任何能帮助他记忆的材料，没有一封友人书信，他也无处问询，因为国与国之间的邮路已经全部中断，或者由于检查制度而受到阻碍，每个人都过着与世隔绝的生活。他写道："我曾目睹各种群众性思潮的产生和蔓延，尤其是德国的国家社会主义如同不可救药的瘟疫毒害了我们欧洲的文化之花。于是我也就势必成为一个手无寸铁、无能为力的见证人。我目击了世人不可想象地倒退到以为早已被人忘却了的野蛮之中。"

茨威格目睹的民众思潮也是 20 世纪的极权主义政治形态，人类已经对这些政治形态做过检视和省察，无论是意大利的法西斯主义，还是德国的国家社会主义，都是暴政的显现。在这个世纪，不断有杰出作家书写并揭示极权主义带给世界的灾难。从帕斯捷尔纳克的《日瓦戈医生》到索尔仁尼琴的《古拉格群岛》，从俄罗斯白银时代的诗人阿赫玛托娃、曼德尔施塔姆到布罗茨基，都沉痛而哀婉地揭示了人性灭绝的残酷真相。

2

茨威格活着所见的一切困厄都令他迷惘。通货膨胀造成的经济危机使欧洲深陷恐慌，早晨用五万马克买一份报纸，晚上就要十万马克，必须兑换外币的人只好按钟点分几次兑换，因为四点钟的兑换率要比三点钟多好几倍。电车票是用百万计算的，从国家银行运到各银行去的纸币要用卡车装载，而且十四天后人们就会在排水沟里见到面值十万马克的钞票，那是乞丐看不上眼而扔掉的。一根鞋带比先前的一双鞋还贵，修一扇玻璃窗比以往买整幢房子还贵，一本书的价钱比从前一家拥有几百台机器的印厂还高。

暴政比瘟疫和饥馑更加令人绝望，祖国奥地利的动荡让茨威格无法安心工作。他在萨尔茨堡的家离德国边境很近，只要望一眼就能看见贝希特斯加登山，希特勒就住在那座山上。1933年1月希特勒上台时，茨威格与里夏德·施特劳斯合作的歌剧《沉默寡言的女人》第一幕的钢琴曲总谱已全部完成，管弦乐乐谱也大致完成。然而几个星期后，当局下令禁止在德国的舞台上演出非雅利安人的作品或者有犹太人参与的作品。这些强制措施就连逝者也不放过，莱比锡音乐厅门前，门德尔松的立式雕像被拆除。

"我觉得，这条禁令一下，我们那部歌剧的命运也就完了。"茨威格认为施特劳斯会放弃合作然后和别人另搞一部作品。然而施特劳斯并没有那么做，他提醒茨威格为他的下一部歌剧准备歌词。施特劳斯恪守了对朋友的忠诚，可是他也在为自己的安全采取预防措施。他接近权贵，和希特勒、戈林、戈培尔见面，接受了纳粹国家音乐局总监的任命。

纳粹当局还颁布了《保护德意志人民》法令，把印刷、销售和传播作家的著作宣布为卖国罪，将查禁的书籍放到燃烧的木柴上焚成灰烬。托马斯·曼、亨利希·曼、韦尔费尔、弗洛伊德、爱因斯坦都被剥夺了创作的权利，茨威格也被列为查禁的作家。当时全德国正在放映一部根据茨威格中篇小说《情欲燃烧的秘密》改编的电影。因为篇名有"燃烧的秘密"，一天晚上，警察骑着摩托车在街上巡逻，命令停映这部电影，因为"燃烧的秘密"使人联想到纳粹的"国会纵火案"。

知识分子与纳粹的合作被视为道德上的不良记录，受到公众的谴责——最著名的是时任弗莱堡大学校长马丁·海德格尔。第 11 届夏季奥林匹克运动会于 1936 年 8 月 1 日在柏林举行，希特勒任大会总裁。这是一次在纳粹阴霾下举办的奥运会，时年七十岁、最负盛名的音乐家施特劳斯为这届奥运会的会歌谱曲。

施特劳斯告诉茨威格，希特勒在维也纳流浪的岁月里曾去格拉茨看过《莎乐美》的演出并表示很敬仰他；在贝希特加登的所有节日庆祝晚会上，除了瓦格纳的作品外，几乎只演唱施特劳斯的歌曲。施特劳斯说他和纳粹合作有自己的深谋远虑，他在任何时候都直言不讳地承认自己信奉艺术唯我主义，觉得任何一个政权对他都无所谓。施特劳斯如此逢迎纳粹，与他生命攸关的亲人有关——他的儿子娶了犹太女子，他担心至爱的孙子们会被当作废物排斥在校门外。

歌剧《沉默寡言的女人》的演出成为一个事件。1934年初，纳粹当局必须做出最后的抉择：要么违背自己颁布的禁令放行；要么禁止当时最伟大的音乐家——施特劳斯的这部歌剧上演。歌剧总谱、钢琴配曲部分、剧本歌词早就印好，德累斯顿的皇家剧院已经预定好了服装道具，角色也进行了排练，然而纳粹的主管部门还没有取得一致意见，从高层掌权者戈林到意识形态主管戈培尔都没有表态。希特勒不得不亲自下功夫研究茨威格写的这部三幕抒情歌剧，还为此开会研究。最后，施特劳斯被召到那位至高无上者面前，希特勒说他将破例允许这部歌剧上演，尽管这样做违背新德意志帝国的一切法律。然而《沉默寡言的女人》仅仅公演一天，德累斯顿皇家剧院就接到通知，禁止演出，施特劳斯也被迫辞去了国家音乐局总监的职务。

3

"我们命该遇到这样的时代。"茨威格以莎士比亚的名句作为《昨日的世界》之题词。

1881年11月28日,茨威格出生于维也纳朔滕环城大道14号大楼。从留存的照片看,这是一幢华美的宫殿式建筑,茨威格和哥哥阿尔弗雷德·茨威格在这里度过了童年。在茨威格家附近有建于19世纪的维也纳皇家剧院和维也纳歌剧院,有圣斯特凡大教堂。

在那个已有上千年历史的奥地利君主国,哈布斯王朝统治下的奥地利几个世纪以来和平昌盛,公民权利是由凭自由意愿选举出来的国会用法律文书确认的。"这座城市的每一个居民都在不知不觉中被培养成为一个超民族主义者、一个世界主义者、一个世界的公民。"在充满安详的追忆中,茨威格重温自己的幸福时光,以及国家的富庶和国民的教养。

没有一座欧洲城市像维也纳这样热衷于文化生活,奥地利人的自豪感最强烈地表现在追求艺术的卓越地位上。欧洲文化潮流在这里汇集,不朽的音乐巨星——格鲁克、海顿、莫扎特、贝多芬、舒伯特、勃拉姆斯、施特劳斯都曾在这里如星光辉映。

文明之子这个称谓最适宜茨威格,然而文明是脆弱的,在暴政如铁蹄般践踏而来的时候,文明将被摧毁。从回忆录第八章开始,茨威格的叙事转向幽暗和残酷,这是对战乱、饥馑和逃难生活的回忆。"见到不宣而战的战争,见到集中营,见到严刑拷打,见到大肆抢劫和轰炸不设防的城市。在心灵深处被欧洲大地上几乎无休止的犹如火山爆发般的动荡震撼过。我成了理性遭到最可怕的失败和野蛮在时代编年史中取得最大胜利的见证人,从未有过像我们这样一代人的道德会从如此高的精神文明堕落到如此低下的地步。"

茨威格没能挨过纳粹暴政带来的人类暗夜。1942年2月22日中午12时,茨威格和第二任妻子洛特·阿尔特曼服用佛洛纳(一种安眠药),在罗波利斯的寓所自尽。"在我自愿和神志清醒地告别人生之前,我必须完成一项最后的责任,向美好的国家巴西表达由衷的感谢。巴西如此好客地给予我歇脚之地,为我的工作提供如此好的环境,我热爱这一片土地。但对我而言,自从我的母语世界沦亡和我的精神家园欧洲自我毁灭之后，已经没有什么地方能重建我的生活。"茨威格在遗书里写道："如今我已年过六十，要再次开始一切生活，需要非凡的力量。所以我认为，能把为我带来最纯真快乐的精神劳动和个人自由视为天下最宝贵的财富固然好，但是我的力量已在无家可归的漫长漂泊中消耗殆尽，因此及时和有勇气结束自己的一生，岂不更好。"

4

茨威格是一个被 20 世纪暴政压垮的美善而优良的人。2020 年春天，在瘟疫弥漫全球之时，我看了电影《黎明之前》（Vor der Morgenröte），这是一部茨威格的传记电影，由德国、奥地利、法国联合拍摄，再现了茨威格遭纳粹驱逐后在纽约、巴西等地的流亡生活。

多年前，茨威格就像挂在我头顶的矿灯，驱除了环绕我的黑暗，然而他自己却绝命于更深的黑暗。我从城里新华书店的一个角落看到《茨威格中短篇小说选》，封面印着茨威格的头像剪影。乘坐公交车从城里回矿上，天空灰暗，道路颠簸，残破的玻璃窗不断涌进煤灰，然而放在包里的书令我安心。到矿井上班的时候，在交接班大楼的澡堂里更衣，穿起沾满煤屑的工装，我将书套上塑膜揣在怀里。《一个陌生女人的来信》是我最早看的，它使我身心发热，爱的情感可以无私和炽烈到痛切。当时我正爱着一个难以企及的姑娘，无望的爱情使我更能理解茨威格那超越极限的情感。这本书陪我度过了黑暗中的时光，至今还放在书架上，多次迁徙都会保存。书页之间有污迹，那是被煤屑染黑的手指触摸时留下的。

阅读也是相遇，而相遇需要缘分。我的阅读都是基于个人发现，对作家的接受也源于心灵的契合。茨威格的写作是独异的，既有小说《一个陌生女人的来信》《心灵的焦灼》《象棋的故事》，更有《人类群星闪耀时》《良知对抗暴力》这样思想丰沛的历史特写，还有更多的诗集、剧作和人物传记。茨威格是我的精神谱系里投射的一道光，《昨日的世界》如同一幅色彩绚烂的画作，温情而明亮。

5

如今,那些苍白的马也正在闯入我们的生活。茨威格之死带给我们遗憾,也留给我们一个问题:人如何挨度暴虐世界的残酷?

与其说茨威格死于对人类前景的绝望,不如说死于精神的幻灭。无疑,茨威格屹立在他所属的欧洲文明,是文明之子,然而文明是脆弱的,当世纪性的暴行到来时,文明便被洗劫。茨威格死于绝望,死于二十世纪暴政的暗夜。他的死令人哀伤而惋惜,这样的情感在1942年弥漫于人们的心头,如今也会令阅读他的人感伤不已。

如果茨威格能更坚韧地面对人生,或许会看到更好的世界图景,就像我们知道的那样,在法西斯暴政肆虐世界的时候,也有一些作家选择活下来,继续抵抗。在同样沦陷于纳粹铁蹄之下的巴黎,萨特和加缪过着别样的人生,他们在绝望中反抗;即使被认为是超现实主义作家的博尔赫斯和卡尔维诺也是法西斯暴政的反抗者。当然,反抗不是成为烈士,而是不合作,是用写作记录暴政时代的残酷。就像那些被投入纳粹集中营的人，如捷克作家克里玛、匈牙利作家凯尔泰斯、美国作家威廉·威塞尔，都是当年集中营的幸存者，他们以其坚韧活了下来，成为 20 世纪灾难的亲历者和见证者。

在《昨日的世界》这部回忆长卷中，我们看到许多杰出者坚韧地活着，世纪的暴行无法摧毁他们。

茨威格在巴黎见面次数最多、关系最好的是里尔克。也许，再没有一个人会比里尔克生活得更隐秘，他回避一切喧哗嘈杂，甚至回避对他的赞誉，如他自己所说，"那种赞誉是围绕着一个人的名字积聚起来的全部误会的总和"。要找到里尔克是困难的，他没有固定住址，总是在世上漫游，没人能事先知道他会去哪儿。里尔克在他租借的房间里，总会摆一只花瓶或在一只碗里放上鲜花。写字台上并排放着铅笔和羽毛笔，一张没有字迹的白纸放在写字台的右角。房间里还有一幅俄罗斯东正教尊奉的圣像和一幅天主教尊奉的耶稣蒙难像，不管到哪里，这两幅圣像都会陪着他。

里尔克会去看茨威格，将《旗手克里斯朵夫·里尔克的爱和死亡之歌》的手稿当作一件礼物带给他。他们也会在巴黎街头散步。里尔克像一位隐修的教士，一个守护和献身语言的人。他疏远日常生活，远离荣誉和利益。他弃绝世上任何昙花一现的东西，专心艺术创作，使自己的人生成为一件艺术品。茨威格感慨道："当我回想起曾像不可企及的星汉照耀过我青年时代的那些可尊敬的名字时，我的心中不禁产生这样一个令人悲哀的问题。在我们今天这个动荡不堪和普遍惊慌失措的时代，难道还有可能再次出现那样一些专心致志于抒情诗创作的纯粹诗人吗？"

在茨威格常去的巴黎奥德翁咖啡馆一角，常有一位蓄着褐色胡须的青年男子独自坐在那里，一双有神的眼睛，戴着一副镜片很厚的眼镜，他就是流亡巴黎的爱尔兰作家詹姆斯·乔伊斯，正在写作《尤利西斯》。他把《一个青年艺术家的肖像》借给茨威格看，那是他仅存的一本样书。他对茨威格说："我要用超越一切语言的语言，即所有语言都为之服务的一种语言写作。"于是，就有了那部"像流星似的坠入我们这个时代"的《尤利西斯》。

茨威格与弗洛伊德的相聚令他终生难忘。战争阴云笼罩欧洲，弗洛伊德将茨威格领到他在伦敦郊区的一幢住宅里。83岁高龄的弗洛伊德仍然每天坚持写作，思维和他年富力强时一样机敏，精力也和当年一样旺盛。他的意志战胜了疾病、年迈和流亡。"即使在黑暗的年代，和一位道德高尚的大思想家谈话，也会给人以无限的安慰和精神上的鼓励。"

罗曼·罗兰是茨威格尊敬的作家朋友。在蒙巴纳斯林荫道附近一幢不起眼的房子里，茨威格走上狭窄的盘旋扶梯，罗曼·罗兰为他开门，将他引进一间小小的斗室，房间里的书一直堆到天花板。这间修道院式的简朴斗室就像一间照相馆的暗室，在这里可以看到整个世界。在茨威格看来，罗曼·罗兰代表欧洲的良知。这位1915年诺贝尔文学奖得主，在第一次世界大战来临前就对茨威格预警："现在是一个需要保持警惕的时代，而且愈来愈需要保持警惕。煽起仇恨的人按照他们卑劣的本性，要比善于和解的人更激烈，更富于侵略性。我们的责任是，不能没有准备和无所作为地面对可能爆发的第一次欧洲大战的事实。"在回忆这个珍贵瞬间时，茨威格写道："我在他的房间里感觉到一种人性的、道义上的优势；感觉到一种不带自傲情绪的内心的自由，那是一个坚强的人所拥有的不言而喻的自由。"

凯尔泰斯:从精神麻痹的队列里走出

1

"你们坐着并忍受着,正如在这个国家,人们什么都能忍受。你们忍受着所有的欺诈、所有的谎言和所有的枪杀。好像你们已经在忍受被枪杀之后将要发生的枪杀一样。"凯尔泰斯·伊姆莱的小说《清算》是这样开始叙事的。言说者屈尔蒂是一家简陋的出版社的编辑。他和同事正在办公室围坐一张书桌开会,墙壁破旧不堪,摇摇欲坠的书柜到处是灰,他们无聊地讨论或辩驳。话题无限展开,关于时局、自杀、迫害、对公民的任意逮捕、对囚犯的刑讯逼供。按照剧情说明,屈尔蒂曾经是社会学家,在 20 世纪七八十年代靠一份无关紧要的工作勉强维持生计,还著有专论《关于匈牙利的落后意识及其心理根源》。在此之前,他蹲过监狱,在政治警察局秘密审讯时被打了耳光,左耳因此变聋。

小说《清算》的背景设置在匈牙利,故事线索是一位名叫 B 的作家在家中自杀,出版社编辑凯谢吕认为 B 在临终前写过一部小说,在他寻找这部小说手稿的曲折过程中展现了 B 的诡异命运,呈现了东欧剧变前匈牙利的社会实况。

"国家还是同一个国家。迄今,它为文学负担经费,其目的就是为了进行清算。国家对文学给予扶持,是通过国家对文学进行清算的一种隐蔽形式。"屈尔蒂发表他的高论,谈话场景出现在一部名为"清算"的三幕剧剧本的手稿里,时间是 1990 年,地点是布达佩斯。当剧本里的情节在现实生活中发生时,创作了这个情节的作家 B 已经自杀。警察在 B 的住处找到注射针头和吗啡安瓿。编辑凯谢吕在 B 作家的遗稿中找到了这部剧本,并在官方人员到来前把手稿的重要部分从自杀现场抢救出来。

"只要回想一下毁灭性的无知、愚蠢、野蛮和邪恶都在这个国家传染病般地蔓延着,而且能得到官方的同意——可以说,国家只是在轻描淡写并冷漠地对待这些问题,这就像很久以来我们已经没有意愿去对公共生活状况进行改善,或者做任何改变一样。"小说《清算》展现了凯尔泰斯式的思想气质。无论在虚构的剧作里,还是在叙事者对寻找剧作的讲述里,随处可见对逝去的历史与时代生活的沉思,话题充满机锋。出现在小说里的剧作以及围绕着剧作的发现进行的讨论,是凯尔泰斯使用的叙事技巧,它让这部小说有了推理或悬疑式的叙事张力。

与凯尔泰斯的很多小说一样,《清算》同样游荡着奥斯威辛的幽魂。小说写到了奥斯威辛的幸存者,即完全获得新生的人,正如凯谢吕所言:"幸存者在他的体系里构成了一个特殊的种类,如同动物的一个种类。我们所有的人都是幸存者,这决定了我们变态的和发育不全的思想。""奥斯威辛之后,是我们度过的这四十年。他说他还没有给这后一种畸形的幸存——即给这四十年——找到一个准确的答案。但他在寻找着,而且已经接近于找到答案。"作家 B 是奥斯威辛集中营的幸存者,然而他从集中营被解救之后并没有逃脱厄运。公民被任意逮捕,刑讯逼供,罗织罪名,秘密处决,这样的情境是那时匈牙利社会生活的常态。

B 于 1944 年最后一个月在奥斯威辛出生,准确地说,他是在德国纳粹集中营位于比克瑙的一个营房里出生的。B 的母亲作为斯洛伐克政治犯被登记在病房的记录卡上,他就是这样得到带有字母 B 的四位数字的。

2

对凯尔泰斯的阅读由来已久。2006 年,我漂在北京的第 10 年,林贤治先生打电话给我:"你看过凯尔泰斯·伊姆莱吗?你一定要看。"当时林先生在其主编的"紫地丁文丛"里正责编我的随笔集《白天遇见黑暗》,我们亦师亦友,互相珍视。在林先生的力荐下,我骑着自行车在海淀区的一家书店找到《船夫日记》,如获至宝,由此知道凯尔泰斯是奥斯威辛集中营的幸存者。然而真正让我意识到凯尔泰斯文学和思想价值的,是在读过美国作家埃利·威塞尔之后。

"奥斯威辛不但是一个政治事实,而且是一个文化事实,一个历史的和文明的组成部分,是人类非理性的蔑视与仇恨的顶点。"埃利·威塞尔说。1945年,在消灭了600万犹太人的火焰所留下的灰烬上,坐着的是17岁的威塞尔。威塞尔1928年出生在罗马尼亚的锡盖特,一个喀尔巴阡山脉小镇。他和三个姐妹在一个安宁的牢牢建立在犹太传统之上的家庭中长大。当匈牙利的犹太人开始遭到驱逐时,威塞尔才14岁。锡盖特当时被匈牙利占领,镇上的犹太居民被用那种惯常的羞辱方式装进货车,转运到奥斯威辛。在那里,他看到母亲和妹妹被送进毒气室,父亲则在被转运到布痕瓦尔德时死去。

威塞尔坐在奥斯威辛留下的灰烬之上,那里的风暴和烈焰曾恐吓过他的生活。所有的东西都被毁灭,他无家可归,没有祖国,甚至作为一个人的身份也成问题——他当时是A7713号囚犯,如同一艘沉船上的水手,站在燃烧过的海岸,没有希望,没有未来,只有赤裸的记忆。

威塞尔在死亡营中的时光于1945年春天结束,囚徒们被美军解放了。与其他犹太儿童一样,威塞尔被送到法国,一边康复,一边学习。

威塞尔活了下来,他终于明白活下去的背后还有一个目的：他要成为一个证人，一个记录这一切的人。威塞尔沉默了十年。1958年，他发表了第一部作品《夜》，是他对集中营经历的回忆。"我们每个人都感觉到必须记录下每个故事、每次遭遇。我们每个人都感觉到必须作为目击者。这也是那些死者的遗愿。"威塞尔谈及他的写作初衷时说。

1982年，威塞尔出版了包括《黑夜的遗产：埃利·威塞尔作品集》《走出沉默王国》《反抗沉默：埃利·威塞尔的声音和看法》在内的26部篇幅巨大的作品，被翻译成多种文字出版。威塞尔在加入美国籍后担任纽约州立大学名誉教授和波士顿大学人文学教授，他还是美国总统倡议发起的美国大屠杀委员会主席。威塞尔如同人类的信使，向世界传达大屠杀的真相，吁求公理和正义。"我发誓，无论何时何地，当人类遭受苦难和羞辱时，我永远不会保持沉默。中立只会帮助压迫者，永远不会帮助受害者。沉默鼓励折磨者，永远不会鼓励受折磨者。"

从大屠杀经历中幸存的威塞尔成为一个"人类观念和宽广的人道主义的强有力的发言人"。1986年，威塞尔被授予诺贝尔和平奖。在颁奖典礼上，诺贝尔委员会主席埃吉尔·奥尔维克说:"埃利·威塞尔不仅仅是一位幸存下来的人,他也体现着战胜者的精神,在他的身上,我们可以看到一个人,他从惨烈的羞辱中爬出来,成为我们最重要的精神领袖和向导中的一位。在一个世界上仍然存在着恐惧、压迫和种族歧视的时代,我们有这样的向导至关重要。"

3

对大屠杀的否认成为 20 世纪的某种逆流。《真有六百万人死去了吗?——最终的真相》是一本讲述纳粹集中营的书,作者奥斯汀·阿普是费城拉撒勒学院的前英语教授。他在书中写道:"大屠杀就从来不曾发生过。杀人者没有杀人,牺牲者也没有死去。六百万人行骗,用捏造的尸体向德国人民要坚挺的马克。"

米沃什是最早对大屠杀神话做出回应的诗人之一。1990 年代,结束流亡回到波兰的米沃什一直定居在克拉克夫——紧邻奥斯威辛集中营。米沃什在获奖演说《我的诗始终都是清醒的》中,谈到在欧洲风起的"大屠杀神话":"我们这个由于大众传播媒体不断急遽增加而变得一年小似一年的星球,正在经历着一个无法界定的过程——这个过程的特点乃是不肯记忆。""今天,我们的四周充斥着关于过去的种种杜撰——种种违背常识、违背基本善恶观的杜撰。在用各种文字写成的书中,有百余部否认曾经发生过'纳粹大屠杀',并宣称它是犹太宣传机构捏造出来的。人既然能丧心病狂到这样的地步,那么永久丧失记忆又怎么会是不可能的呢?"

凯尔泰斯则引述肖斯塔科维奇的话说:"人们这样说,甚至这样写道:纳粹集中营的指挥官们常听巴赫和莫扎特,他们喜欢并且理解他们的音乐,如果听舒伯特,甚至还会落泪。这一切我都不相信。我从来没见过一个会真正喜欢并理解艺术家的刽子手。"

4

如同任何一场重大灾难中必然会有幸存者,奥斯威辛也有众多的幸存者,20世纪的见证文学就是这样产生的。经历过灾难的人在成为幸存者之后,开始挖掘个人记忆,审视自己所经历的灾难。

1929年11月9日生于布达佩斯的凯尔泰斯,1944

年被纳粹投入奥斯威辛集中营,后又转往布痕瓦尔德集中营,1945年获救。1951年之后,凯尔泰斯先后当过工人、编外记者、自由撰稿人和文学翻译,他翻译过尼采、维特根斯坦、弗洛伊德、霍夫曼斯塔尔等哲学家的大量德语作品。1975年,他的处女作《命运无常》经过十年周折才得以出版。从这份简短的个人履历可以看出凯尔泰斯与奥斯威辛的关系。

2002年,就在凯尔泰斯获得诺贝尔文学奖的同时,他收到了邮局寄来的一个棕色大信封,那是布痕瓦尔德纪念馆馆长寄来的。凯尔泰斯在信封里找到一份1945年2月18日关于集中营囚犯每日记录的复印件,他在"损耗"一栏里获悉:64920号犯人,凯尔泰斯·伊姆莱,1927年出生的犹太人,工厂劳工,死亡。其中有两处伪造——生日和职业,是在凯尔泰斯被转送到布痕瓦尔德集中营时登记上去的。为了不被归为孩子,他多报了两岁。凯尔泰斯说,他之所以没报学生而报工人,是为了显示自己对他们更有使用价值。"也就是说,我已经死了一回,因此才得以存活下来。"

作为死过一回的幸存者,凯尔泰斯在他的祖国匈牙利解放之后开始文学写作,长篇非虚构作品《船夫日记》呈现了他的思想之旅。"写作始终是一桩绝对严格的私人事件。"1955年一个明媚的春日,凯尔泰斯突然悟道:"只存在一个唯独仅有的客观现实,那就是我自己,我的人生。这是一个脆弱易伤、载着困惑时代之记忆的礼物,它被一种外来的陌生的暴力所掠夺,被收为国有,被强行管制,被盖印封存。我必须从所谓的历史手中,从恐怖的魔鬼手中夺回,因为它只属于我自己,只能由我守护珍藏。"

"我们的前面是雾,我们的后面是雾,我们的下面是一个沉陷之国",这是《英国旗》的题记,也可以作为凯尔泰斯写作的象征。1956年革命遭到镇压之后,基于必须跟自己的母语打交道的原因,凯尔泰斯决定留在匈牙利。"从那之后,我不再作为孩子,而是以成人的大脑,观察这个制度到底如何运转。"

5

对凯尔泰斯来说,奥斯威辛不仅是梦魇般的历史,还是形成世纪灾难的某种权力运行机制。因此,他对奥斯威辛的反省和批判跨越了时代,从纳粹德国延伸到后来的匈牙利，延伸到转轨之后的东欧。

匈牙利秘密警察头目罗德格里斯的办公桌上放着一个雕塑，那是一个刻墓碑的囚犯雕刻的名叫"博格尔秋千"的雕塑。博格尔秋千是纳粹集中营看守博格尔在奥斯威辛集中营发明的折磨囚犯的刑具。囚犯必须双手抱在屈起的膝前，手腕被铐在腿前，一根粗铁棒伸进臂肘和膝盖之间。随后，这根棍子被搁在两只木架上，囚犯头朝下挂着。看守用皮鞭抽打囚犯的身体，以致囚犯转个不停。博格尔因战争罪被判终身监禁，于1977年死在狱中。

《侦探故事》里的秘密警察马腾斯从警察局调到了调查局，对杀人犯、窃贼和妓女已经厌倦的他，开始接手政治案件——逮捕和监视公民，用酷刑折磨囚犯。每个监狱都人满为患，被拘留的人像沙丁鱼一样挤在走廊。马腾斯以独白的方式陈述自己工作的性质："我说过，这是肮脏的工作，但它伴随着我们这个职业。我们夺走罪犯的理智，撕碎他们的神经，麻痹他们的大脑，翻开他们的衣兜甚至内脏。我们把他们按在凳子上，拉上窗帘，打开灯——总之，我们例行公事。我们不追求用独创的方法对付一名罪犯，一切都按拙劣影片的脚本进行，一切都符合预期……我们在给他准备陷阱，用劈头盖脸的问题把他迷倒。他必须感觉到他是孤独的，而我们有许多人，只要我们想，我们就可以对他采取任何手段。"

然而，马腾斯在刑讯逼供无辜者的时候也会心有忏悔。"我的恐惧因他而生，我突然感到他是无辜的，他的无辜是无法安抚的，就像被强暴夺去贞操一样。"

秘密警察头目罗德格里斯则是强势的，在审讯无辜者时，他的手指不停地摸着"博格尔秋千"雕塑。在他看来，资产阶级分子、犹太人、救世主都是一丘之貉，都是想搞颠覆。在审讯过程中，他们将逻辑之线越织越紧，卷宗夹里装满了文件，他们可以迅速把威胁国家安全的秘密组织的全部资料汇总起来。

政制的残酷不仅制造了太多的被害者，也使加害者良心苏醒。在《侦探故事》的结尾处，秘密警察马腾斯站在窗后注视着嫌疑犯行刑。在庭院的一边有一排木桩，萨利纳斯父子被绑在中间的两个木桩上，对面就是行刑队。排枪齐放时，马腾斯颤抖了，他自语道："我们的职业是危险的，今天你还站在窗户后面，可到了明天，谁知道呢？也许你就被绑到下面的木桩上了。"

"奥斯威辛不需要解释",就像凯尔泰斯在小说中的诗句:"死亡是容易的/生活是一个大集中营/这是上帝在地球上为人类做出的安排/人类则把它发展成为毁灭自己的营房……"

三岛由纪夫：身体是个注满真空的花瓶

1

"刚才做了个梦。还会见到的，一定能见到，就在瀑布下边。"这是松枝清显与本多繁邦诀别时说的话，出现在三岛由纪夫的长河小说《丰饶之海》四部曲之《春雪》中。

在开往东京的火车上，身染重病的清显躺在卧铺车厢，本多坐在清显对面的下铺，守护着他。广袤的黑暗包围着列车，隆隆的响声不是列车的声音，而是黑暗的轰鸣。此时的清显正在痛苦地呻吟，他的胸口如刀绞般疼痛，可那疼痛到扭曲的容颜依然俊美，具有青铜般严谨的棱角。回到东京两天后，20岁的清显死去。

生离死别的情节出现在《春雪》的终篇。然而死亡并没有结束，只是生命轮回的开始。在《丰饶之海》第二部《奔马》中，松枝清显转世为饭沼勋。此世的勋，从小习武，醉心剑道，以《神风连史话》为人生理想，网罗同道，秘密组织昭和神风连，策划暗杀财界巨头。暗杀失败后，逃亡到海边的勋，脱掉衣衫，半裸着身子，拔出小刀。小说至此有如下细节描写："勋深深呼了口气，左手抚摸着腹部，闭上眼，将右手里的刀刃抵住肚子，左手指尖儿定好位置，右手憋住力气直刺进去。刀刃突入腹部的瞬间，红日在眼睑内冉冉升起。"

《丰饶之海》是三岛由纪夫倾注毕生精力写就的鸿篇巨制。1950年，25岁的三岛萌生创作之意，用十年时间完成了这部长河小说。他说："《丰饶之海》四卷的构成，第一卷《春雪》是王朝式的恋爱小说，写所谓的'柔弱纤细'或'和魂'；第二卷《奔马》是激越的行动小说，写所谓的'威武刚强'或'武魂'；第三卷《晓寺》是具有异国情调的心理小说，写所谓的'奇魂'；第四卷《天人无衰》，取材于时间流逝的事象的跟踪小说，导向所谓的'幸魂'。"

三岛由纪夫虚构了一个充满神秘感的轮回故事，主人公以不同的身份在不同的世代遭遇着不同的人生。三岛如同参透生死的智者，书写着轮回的迷津与转世的浪漫。三岛是复杂的，生命的哀苦，情爱的畸变，人性的偏执，死亡的残酷，都弥漫在旖旎的叙事中。如同《奔马》里所说："危险的美，比美的危险更鲜明地反映到自己的头脑里来了。"

三岛对生离死别的叙事如同谶言，预示着自己的命运。智慧比执念更有利于众生，以此标准看三岛，不能不令人遗憾。以生命的终结方式来考察，与其说这是三岛智识结构的缺失，不如说是日本近代文化的缺陷。

三岛由纪夫的小说多有对自杀的激赏。《芝加哥论坛报》记者山姆·詹姆斯问他日本切腹自杀仪式的由来，他回答说："我们相信罪恶潜驻于我们身体内部，因此，如有必要揭示自身的恶，我们必须剖开肚腹，将可见的罪恶掏出来。这也是武士意志的象征。众所周知，切腹自杀是最为痛苦的死法。他们愿以如此悲壮残忍的方式赴死，正是武士勇气的最好证明。这种自杀方式是日本独创的，任何外国人都无法模仿炮制。"

"危险的激情"是川端康成在三岛由纪夫身上的发

现。早在阅读《春雪》与《奔马》时，川端康成就评论道："我被奇迹冲击似的感动和惊喜。这是融贯古今的名作，无与伦比的杰作。这作品与西方古典血脉相通，它是日本过去没有的，然而又是切实的日本作品，日本语文的美丽多彩也是极致的。在这部作品中，三岛君绚丽的才华，升华为危险的激情。"日本评论家野口武彦也意识到三岛艺术的危险，他在评论《丰饶之海》时写道："或许，三岛艺术的危险的魅力存在于形而上学的蛊惑中，其秘诀是用咒语唤醒沉睡在这种血腥里的东西。"

1970年11月25日，三岛由纪夫清晨起床，沐浴剃须，更换盾会制服，用一只深棕色手提箱装入胁差（日本切腹仪式中的专用短刀）。他在居室客厅的桌上留下一个信封，里面装有他的长篇小说《丰饶之海》的最后定稿，信封上写着新潮社编辑小岛千叶子的名字——她会根据约定的时间，派人于午前时分取走书稿。

就在这一天，三岛由纪夫如同《奔马》中的饭沼勋，剖腹自杀。

2

"身体是个注满真空的花瓶",这是三岛由纪夫对肉身的意识。2016年春天,我有机会去日本旅行,其时所怀心愿就是寻找三岛由纪夫的遗迹。

在日本的现代作家中,三岛由纪夫是我接触最早但接受最晚的一位。同样是自杀的作家,川端康成令我亲近,而三岛由纪夫则在情感上有所排斥。他的刚烈气质和国家主义情结,让我一直保持着对他的疏离感。现在看,这疏离其实也缘于内心的恐惧,我害怕那种主动选择的激烈的死亡方式,畏惧那种如火焰燃烧般的人生状态。

然而作为职业作家的三岛由纪夫却是我钦敬的榜样。

1944年10月,三岛由纪夫进入东京帝国大学法学部。此时的东京,物质匮乏,三岛由纪夫经常在随时有可能遭到空袭的东京大街上奔波。当时的出版非常困难,当局对书刊控制严格,用纸申请手续繁杂。三岛由纪夫为了通过审查,在出版申请书上填写出书的目的是

"为了保护和继承皇国的文学传统",最后得以获得用纸批准,交付出版。这期间,三岛担心东京遭到空袭,就天天祈祷,祝愿印刷厂免遭炸毁,让书平安问世。

1944年11月25日,三岛由纪夫的处女作《鲜花盛时的森林》正式出版,印数4 000册,一年内便销售一空。由于是在战时,并没有引起文坛的反响。可三岛明白,"在当时形势下出版这类书是多么异常",也就"感到随时死而无憾了"。此次出书,由父亲暗地张罗,由母亲陪同出席在上野举行的发布会。翌年一月,三岛第一次拿到稿酬,他跑到神田书店街,用全部稿酬买了净琉璃和歌舞伎剧本。

1945年,同盟国的飞机在东京上空撒下英文劝降传单,父亲下班途中捡了一张带回家中,三岛看后感受复杂。三岛所在的东京帝国大学里开始出现投降的论调,年轻的教授在课堂上暗示他们对时局的看法,此时的三岛如他在小说《假面自白》中所说,"过着自甘堕落、放荡、不知明日的生活,得了坏透了的怠惰腐蚀似的疲劳"。"对我来说,战争胜利也罢,失败也罢,都无所谓。因为我想脱胎换骨。"

三岛由纪夫的文学之旅颇为曲折。父亲坚决反对他走文学之路，但在母亲的熏陶下，他从小就爱好文学，写诗作文，16岁发表了小说《鲜花盛时的森林》以及大量诗作。1944年9月，他在接过学习院高等科的毕业证书后，第一次面临抉择：上大学选什么专业？依他的兴趣，自然是选文学，但父亲反对。三岛的祖辈父辈都是毕业于东京帝国大学或其前身的法律系而走上仕途的，因此父亲希望三岛继承他们的事业，读法律系。三岛觉得战争末期自己不久将被征召入伍，选什么系都一样，就听从了父亲的安排。高中毕业成绩优异，根据当时的"内申制度"，不用经过入学考试，由学习院高等科推荐保送，直接进入了东京帝国大学法律系。

三岛将自己的大学生活一分为二，一半学习法律，一半醉心文学。在上刑事诉讼法课时，他总是争取坐在教室的最前排，认真听讲；上民事诉讼法课时，他将爱读的小说放在翻开的笔记本旁。三岛将战后这种双重生活称为"和尚庙里的生活"。他从不参加课外活动，从不沾运动、跳舞、咖啡馆、酒吧的边，回到家也从不复习功课，只是埋头写作，或者读他喜欢的文学书籍，沉迷在文学的世界。

3

三岛由纪夫与川端康成互为欣赏的关系成为日本文学史的佳话。从京都到东京,我在寻找川端康成和三岛由纪夫的遗迹。

乘地铁前往浅草站。深夜的东京地铁依然拥挤,身前身后都贴着人,让我安心的是地铁线路图上有汉字。浅草,我莫名就喜欢这个词语。午夜,走出地铁,在浅草街头寻找旅馆,看见路边的交通标识有"川端通"。

1935年到1945年,是日本现代史上最黑暗的十年,川端康成从东京移居镰仓,远避世事,完成了他的重要作品《雪国》。这部作品因出现在战争期间,当时未能引起注意,而随着时间流逝,才逐渐在日本文坛产生了重大影响。《雪国》与战后完成的《古都》《千鹤》成为川端康成的代表作,"以敏锐的感受和高超的叙事技巧,表现了日本人的内心精华"。1968年,川端康成荣获诺贝尔文学奖。

1946年1月,三岛由纪夫从东京来到镰仓,上门拜访镰仓文库负责人、《人间》杂志创办人川端康成。

当时没有公共汽车,三岛从车站步行到镰仓文库,会客室内高朋满座,全是作家、编辑。过去,他都过着单纯的学生生活和家庭生活,这时才第一次见识战后文坛沸腾的活力。三岛把小说《中世》《香烟》的原稿当面交给川端康成。不久,《人间》杂志留用了《香烟》。三岛欣喜若狂,赶到镰仓文库当面向川端康成致谢。三岛将川端康成看作良师益友,此后他放学无事,在回家途中经常绕道镰仓文库拜访川端康成。在镰仓文库编辑部,三岛得以近距离看到进进出出的作家,观察战后的文学情况。

三岛的作品由《人间》推出后,第一次正式进入日本主流文学界。意想不到的喜悦接踵而至——《人间》决定刊登他的《中世》。此后,三岛的创作欲望更加强烈,又写出《夜间的准备》,由川端康成交给了《人间》杂志主编。当时三岛的唯一头衔是"在《人间》杂志上写小说的三岛"。

1947年11月,三岛由纪夫从东大法律系毕业,经过高等文官考试,于12月进入大藏省,先后担任银行局国民储蓄课课员、大藏省机关报《财政》编辑。1948年,三岛为专事写作而从大藏省辞职,同年11月25

日,长篇小说《假面的告白》动笔,从此开始了职业写作生涯。

1948年,川端康成为三岛由纪夫的《盗贼》写序:"我被三岛君纯熟的天赋所震惊,竟感到目眩神迷,与此同时又被他的文字扰乱了心神,他的新奇是很难理解的。有些人可能会从这部小说中得出结论:三岛是无懈可击的;而另一些人却能从中窥悟到他所有的深切的伤痕。"

川端康成在1970年答《纽约时报》记者问时,曾给予三岛极高的赞誉:"三岛由纪夫拥有非同寻常的天赋,并不是在日本范围内这么说,而是在全世界范围内都难找到这样的天才。像他这样的天才三百年都难遇一个。"川端康成把三岛看作晚辈中独一无二的师友,视为自己文学上的理想接班人,因此,三岛的死对川端康成是个沉重的打击。对三岛的剖腹自杀,川端康成只是沉默无言。

1971年1月14日,三岛由纪夫在多摩灵园平冈家墓地入葬。川端康成出任治丧委员会委员长,在葬礼上致悼词时说:"离开和超越思想与是非善恶,静静地礼拜默祷,乃是日本的美的精神传统。"

1972年4月16日,川端康成口含煤气在寓所自杀,没有留下任何遗言。

4

火山喷发后的灼热岩浆这个意象是三岛由纪夫赋予的。读过小说(《丰饶之海》《爱的饥渴》《海骚》《假面的告白》《金阁寺》)和传记(《怪异鬼才:三岛由纪夫》《美与暴烈:三岛由纪夫传》《三岛由纪夫追记》)之后,与火焰和岩浆保持距离,成为我的本能。作为阅读行为主体,我在理智上欣赏三岛的创作能量,然而在价值观上我对他是抗拒的,不是因为他的自杀,而是因为他所奉行的信条。

1952年,三岛由纪夫到访纽约,美国剧作家威廉·田纳西举办宴会欢迎三岛。他们召集了纽约所有的艺妓,田纳西又让一百个人男人打扮成艺妓,他自己也打扮成一个派头十足的老艺妓。杜鲁门·卡波蒂追忆这次聚会时说:"这是我生平见过的最了不起的派对。""这是三岛由纪夫初尝西方世界生活的味道。他说,我再也不想回日本了。"

据三岛由纪夫年谱记载，1970年，美国《绅士》杂志将他作为从日本选出的唯一一位艺术家编入《世界百人》专刊。《纽约时报》在同年8月2日刊登了《三岛由纪夫特辑》。《大不列颠百科全书》1972年版给了三岛由纪夫一个词条，篇幅与乔伊斯和普鲁斯特等同。

1980年，伽利玛出版社出版了尤瑟纳尔的《三岛由纪夫，或空的幻景》，这是欧洲一流文学家第一次从正面探索三岛由纪夫之谜。尤瑟纳尔在八十高龄入选法兰西学院院士（也是第一位女院士），她在评述三岛时写道："人分为两种：为了更好、更自由地活着而把死亡排除在思想之外的人；那些正与之相反的人，他们在死亡利用他们的身体感觉或外部世界的偶然事件发出的每个信号中窥视着死亡，因此才能更冷静、更强烈地感到自己活着。"

三岛由纪夫的个性与文化基因造就了他的异端。1968年，三岛写过一篇《吾友希特勒》。这是一个三幕剧，由新潮社出版，在浪漫剧场剧团旗上公演会上首演，导演是松浦竹夫。尽管不必以政治态度考量作家的人生遗迹，但纵观三岛的个人生命史，坊间会将他与"军国主义"相连。这样的联系当然过于简单化，但酷烈作为三岛的个人特质,是再明显不过的。尽管他的身材并不魁伟,但他留给世人的印象是强悍的。这强悍与酷烈是把双刃剑,既成就了他,也毁掉了他。

在20世纪世界文化史上,自杀的作家有很多,自杀的原因也多有不同——海明威是绝望,本雅明是逃亡,茨威格是绝境,川端康成是唯美,太宰治是颓废,只有三岛由纪夫是怀着军国主义的强烈执念自杀的。这是一次令人恐惧的自杀。如果说自杀在日本是一种文化,那么我想说,从人类文明史来看,这种文化是有害的。

"发生三岛这样的事件,其动机发人深思。他的死令人惋惜,惋惜死神夺走了这位世界上无与伦比的天才作家。"唐纳德·金教授在论及三岛由纪夫切腹时写道:"三岛在他的体力心力达到巅峰的时候死去了。他表现出这样一种政治姿态:试图唤醒日本自卫队去改变物质繁荣下的社会不足的一面,他的这种姿态或许是他的一种表现方法,然而这种自我放任的表现方法与他那显赫的死是不相称的。他可能还有一点希望成功改变日本的政治方针,但正如他的希望一样,他死去了,戴着他多年前就已经戴上的假面具死去了。"

苏珊·桑塔格：在忧伤之谷，展开双翼

作为隐喻的疾病

"疾病是生命的背面，是一种更为麻烦的公民身份。"2020年初春，《苏珊·桑塔格：精神与魅力》仿佛是某种镇静剂，用来安定我因疫情而忧虑的心。这是我们的心灵倍感煎熬的时刻，注视他人痛苦的同时，也需要缓解个人内心的焦灼，阅读苏珊·桑塔格正当其时。原因当然是这位昔日"纽约知识女王"半生身陷病痛困厄，还有她对疾病的细微体察和深邃思想。

"他在我们中间着陆，像一枚从另一个帝国射来的导弹，一枚善良的导弹，其承载的不仅是他的天才，而且是他祖国的文学那崇高而严苛的诗人威严感。"1998年,苏珊·桑塔格在悼念因心脏病而去世的杰出诗人约瑟夫·布罗茨基时这样写道。她继而补充说:"散文作家中也不乏这种威严感,想想果戈理和陀思妥耶夫斯基如何看待小说家的道德和精神任务。"

"作家的道德和精神任务",这是桑塔格智识世界的关键词,也是她批评工作的关键词。就生命蕴藏和释放的能量而言,桑塔格是一枚智识的导弹,承载的是她的天才。"做一个睿智的人,对我而言,并不是将事情做得'更好'的问题,那是我唯一的存在方式。"桑塔格在《意识听命于肉体》中写道:"运用我的心灵,令我感觉积极和自主,这样很好。"曾经与桑塔格做过长篇对话的《滚石》特约编辑乔纳森·科特评述说:"她的一生见证了思考人生如何成为一种令生命更加完整和丰富的活动。"

"作家的道德和精神任务"是桑塔格矢志践行的价值观,她用这种威严的尺度自我审视,也检测他人。她重述帕斯捷尔纳克、陀思妥耶夫斯基、茨维塔耶娃、里尔克的价值,她赞美博尔赫斯在文明史上的意义,她褒扬布罗茨基的精神强度,她评述罗兰·巴特的《写作本身》、本雅明的《土星照命》、卡内蒂的《作为激情的思想》,这些都已成为世纪经典。桑塔格在文学批评中传递着她对文明的识见,同时以她那敏锐而强劲的思想发掘那些幽僻而优异的作家。《论保罗·古德曼》《走近阿尔托》《丹尼洛·契斯》《不灭:为维克托·塞尔日辩护》《悲怆的心灵》《智慧工程》,这些篇章深入公众文化的深海,探测生活在东欧国家的那些品质卓异的作家,以雄辩的思想力将他们推荐给欧美世界。

桑塔格不但是雄辩的思想者和技艺精湛的书写者,她更是一个行动者。1968年,她前往南越,发表充满争议的《河内之行》;1973年,她前往中国,同年赴以色列拍摄纪录片《应许之地》;1993年波黑战争爆发,她赴萨拉热窝排演贝克特的剧作《等待戈多》……

阅读桑塔格,如同站在海边面对汹涌的潮汐。《关于他人的痛苦》《疾病的隐喻》《土星照命》《重点所在》《同时》《反对阐释》《激进意志的样式》,都已成为经典,我为人类有过如此杰出的一员而庆幸。永久的激情、卓越的见识、强悍的思辨与不懈的书写,这是她的特质。桑塔格离去有年,世界再无具有如此力量和智识的人,她的生命强度与心灵能量使她成为知识世界的标杆。

然而,我更想考察强悍者脆弱的时刻,勘探勇毅者疾患时的状态。"极为恐慌,像动物般惊恐",桑塔格如此形容她对疾病的体验,她将患上威胁她生命的癌症称为"分水岭一样的经历"。

1975年2月,桑塔格在一次常规体检中诊断出乳腺癌晚期,时年42岁。原以为自己非常健康,却突然罹患癌症,"你真实地感到你在朝一个黑洞张望"。伴随着这个黑洞,桑塔格开始与疾病作战。有病人告诉她,患病的状态是某天早上醒来你会发现头发全在枕头上。桑塔格体验到了头发的掉落,像帽子一样。

桑塔格对疾病并不陌生。1938年2月27日,她的父亲在天津做皮毛贸易生意,因肺结核去世。等到她自己罹患癌症的时候,她更深切地体察到疾病带给她身心的影响。痛楚扩展了她的生活经验,也扩展了她的视野。

桑塔格切除了乳房,先后做了五次手术,还有两年半的痛苦化疗。她每周三次前往医院注射化疗药物,目睹了其他癌症患者的死亡。这些经历为她提供了新的经验,她写下了自己罹患疾病的经历,也写出了她对人类疾病史的思辨与体悟。对疾病的书写成为桑塔格对疾病的某种反抗方式。

"每个降生于世的人，都拥有双重国民身份，一个是健康王国的，一个是疾病王国的。"《作为隐喻的疾病》《疾病的图像》《作为政治隐喻的疾病》成为启蒙文本，发表在1978年1月和2月的《纽约书评》。后经多次修改，作为文集《疾病的隐喻》畅销于世。在这些文思浩荡的随笔中，桑塔格将思想的触角延伸到人类疾病史的核心，考察流行病史对人类身体和心理的影响。这些经验和思想为他人带来启示，《疾病的隐喻》在全世界范围内成为患者和医生的必读书。

这当然不是结局。此后三十年，她都在与疾病征战。

不能仅仅成为一名作家

在阅读《苏珊·桑塔格：精神与魅力》之前，我已经读过她的访谈录《我幻想粉碎现有的一切》、随笔集《重点所在》《土星照命》、演讲集《同时》，读过她的耶路撒冷奖受奖演说《文字的良心》、德国书业和平奖受奖演说《文学就是自由》，而这部传记打动我的是对桑塔格精神肖像和心灵旅程的呈现。

桑塔格生前不希望看到自己的生活被人写出来出版。2000年秋，纽约城市大学巴鲁学院英语教授、传记作家卡尔·罗利森与美国作家莉莎·帕多克合著出版了未经授权的《苏珊·桑塔格全传》，对这部传记，桑塔格的评价是"充满猜测"。这一对夫妻作者像两个影子跟在桑塔格身后多年，带着私人的和政治的敌意写了这部传记。因为感受到了某种敌意，桑塔格阻止她的大部分朋友和熟人与这两位作家对话，但这本传记还是在诺顿公司出版，这使桑塔格的心灵受到伤害，感觉被冒犯。"任何人未经允许就写她的传记，都会激怒她。"卡尔·罗利森追忆这场笔墨官司时说。

将《苏珊·桑塔格：精神与魅力》与《苏珊·桑塔格全传》并置阅读，会有种互文性。"精神与魅力"是在桑塔格辞世之后出版的，更关注心灵和精神视域；"全传"共27万字，叙述更为翔实，细节更为丰富。然而我更欣赏"精神与魅力"的思想气质，它对精神现象的刻画更具价值。

桑塔格经常使用"精神生活"一词，这意味着一种智识的生活方式。传记作者丹尼尔·施赖伯评价道："桑塔格是为数不多的能保持公共地位的纽约知识分子，她极自然地相信她的使命，一份有普遍指导意义的智识工作，结合艺术、文学、电影和政治，并将其带给读者。她完成了这项使命，她将自己定位为罗兰·巴特所怀念的那种法国式的知识分子和作家。"

"我不想成为教授，也不想成为记者。我想成为一个作家，同时也是一个知识分子。"这是桑塔格的自我设定，然而一个没有体制保护的自由作家在任何国度都是艰难的。身陷疾病深渊的桑塔格面临着严峻的生存考验，她需要自行承担15万美元的医疗费用，她没有足够的钱负担生活开销和供儿子戴维读大学。和其他美国自由作家一样，桑塔格没有任何健康保险，她从未考虑过自己真的需要一份保险，她视健康保险为布尔乔亚的无用累赘。生活的困境和肉体的痛苦让她饱受磨难。

纽约知识界和文化圈的潮流是作家要进入大学担任教职，这样就可以有稳定的经济来源，解决谋生的问题。桑塔格却反其道而行之。她毕业于芝加哥大学，后在哥伦比亚大学任教。1964年她辞去教职，决心作为独立作家开创个人事业。自1970年代末开始，她有过一段奥德赛之旅,住过格林尼治村的许多房子。她在美国和世界其他地方保持着偶像般的地位,然而在财务上一直无法得到长久的保障。她的境况在 1989 年初家中失火后变得更加严峻。消防队为了灭火,在房顶凿开一个洞,而她的银行账户已经没有足够的钱允许她在房屋修缮期内居住酒店。房东用一块油布盖在房顶的窟窿上,她就在没有屋顶的公寓里度过了那个夜晚。"我意识到我毫无保护,也许我不该对这些事情这么无忧无虑。只有当一块砖头砸到你头上时,你才发现你毫无保护。"

桑塔格以知识分子的身份建造自己,虽然深受 1960 年代美国激进文化的影响,但是她最终找到了一条更为稳固的个人主义的途径,她一生都没有追寻某种党派路线或屈从于某种特定的意识形态。

1987 年,桑塔格担任美国笔会主席,作为公共知识分子,她展现了强劲的个人风格,重要的工作就是为推动作家的言论自由进行激烈的抗争,她为东欧作家争取自由权益,这项工作在 1980 年代末达到顶峰。

"捍卫严肃写作,捍卫精神生活",这就是苏珊·桑塔格献身的工作。她的好友、南非作家纳丁·戈迪默回忆道："行动对于桑塔格而言是她深刻感受到的一种道德义务：她为许多事贡献她的智识力量。她决定反对一种单纯的私人生活。不同于大多数作家，这对苏珊来说是一个存在意义上的困境。她不能仅仅成为一名作家，她感到自己有责任要去公开反对偏见和压迫。"2003年10月，德国书业和平奖授予了桑塔格，授奖辞说："桑塔格从未丢失欧洲遗产的眼界，是两个大陆之间最卓越的大使。在一个充斥着伪造图像和歪曲真相的世界内部，她代表着自由思想的尊严。"

在2004年去世前，桑塔格一直住在纽约曼哈顿切尔西24街的伦敦街（London Terrace）楼顶，和她的恋人摄影师安妮·莱博维茨隔楼相望。桑塔格顶楼的房间，比邻画廊街，面朝哈德逊河。切尔西街区是纽约著名的艺术区，这里住着"性手枪"主唱，拍摄同性恋照片的罗伯特·梅波索普，还有众多有争议的艺术家。此时的桑塔格获得了麦克阿瑟基金会34万美元的奖金，得以分期付款买下这幢住宅，包含一份医疗保险，她终于可以专心从事自由写作了。

2004年3月，桑塔格去南非的荒原度假，返回纽约后不久被诊断出患有骨髓增生异常综合征，即急性白血病先兆。她对朋友说:"这就是世界末日。"桑塔格最后的时光持续了九个半月,骨髓移植手术和化疗使她的身体承受着几近酷刑的折磨。

同年12月28日凌晨,桑塔格在斯隆—凯特林癌症中心去世,享年71岁。遵照桑塔格的遗愿,她被安葬在巴黎的蒙帕纳斯公墓,与她热爱的贝克特、萨特和波伏娃为邻。其时距她第一次被诊断出癌症过去了近30年。《纽约时报》在讣告中写道:"她同疾病的斗争30年来一直没有停止,直到生命的尽头,她仍然渴望在忧伤之谷展开双翼。"

斯捷潘诺娃：我所构想的纪念碑早已落成

暗黑的历史像乌云压在家族头顶

阅读《记忆，记忆》时，我想起 2018 年诺贝尔文学奖得主、波兰作家奥尔加·托卡尔丘克说过的话："我们如何思考世界，以及也许更为重要的，我们如何讲述世界——有着巨大的意义。如果没有人讲述发生的事，那么这件事就会消失、消亡。"

1938 年，斯捷潘诺娃祖父的姐姐寄了两件礼物给家人，一辆自行车和一把手枪。祖父斯捷潘诺夫收到的是手枪，而这把手枪成了他被地方官员指控犯罪的证据。内部运动展开之际，劳改营已容不下大量的犯人，官方不再行"劳改"之名,而是变成赤裸裸的清除。上千军官被列为"外国间谍",祖父也被列为"人民公敌",熟人像害怕瘟疫似的躲避他。祖父的故事是斯捷潘诺娃家族纷繁故事的一页,出现在《记忆,记忆》的终结处。

叙事者斯捷潘诺娃是俄罗斯当代作家,书页印着她的照片,清雅、知性却不失锋芒。这是与我们在同一时间维度的人,她以轻逸之笔描写诸如黑色塞林格、灰色契诃夫、绿色狄更斯。她的眼睛掠过凝结着时间和记忆的故人旧物,她寻找、沉思、勘察,同时也记录、辨析、阐释。

我们身处的是一个全面商业化的时代,利益是全民信仰的图腾,泛娱乐化成为时代主潮。由此精神背景看《记忆,记忆》的叙事风格,它无疑是异质的。

附在书后的家谱列表清晰地标示出斯捷潘诺娃的家族构成。"严肃的祖父酷似老年帕斯捷尔纳克。他们独守房间一隅,几乎与家族历史的宽阔河面、码头、前滩、河口等毫无关涉。"帕斯捷尔纳克和他的小说《日瓦戈医生》(包括同名电影),让我们对俄国历史和那个革命年代有了特别的认识。《记忆,记忆》当然不是关于帕斯捷尔纳克的叙事,然而这个比喻的出现将导引我们进入一个家族曲折而悲怆的历史,进入一个国家荒诞而残酷的年代。

"暗黑的历史像乌云一样压在家族头顶,族人对此讳莫如深。那是 1938 与 1939 年之交,贝利亚秘密特赦时期,有些人突然被释放。"跟随着斯捷潘诺娃的讲述,我们进入到幽深的叙事密林,那里有丰饶的宝藏深埋。斯捷潘诺娃形容自己置身于"无所之地的中央",这是指位于地图偏僻角落、常人绝无可能专程造访的她的故乡敖德萨,更是指生活在俄罗斯国土经历不同时代磨难的人民。"当下活着的我们所有人都是幸存者的后代,他们全靠奇迹和偶然才活过了多灾多难的 20 世纪。"

斯捷潘诺娃书写着个人对暴力的恐惧:"古老的恐惧始于 1938 年,当我年纪尚轻的祖父科利亚上缴了佩枪,等待逮捕时,又或者在更晚的 1953 年,当犹太医生案事发,我那同为医生兼犹太女人的太姥姥和姥姥,每晚回到家中便在灯下无言默坐,在自家小屋等待裁决时;又或者早在 1919 年,我那事业亨通的祖太姥爷伊萨克——众多工厂、房产、轮船的拥有者突然死亡时——我们不知道他是什么时候,怎么死的;又或者,比这更早,在 1912 年,1909 年,1902 年,当敖德萨乃至整个乌克兰南部发生屠犹惨案,死尸遍布街头巷尾时。我的亲人们当时就在那里。"

斯捷潘诺娃是擅讲故事的作家,她的思绪穿过时间和历史的云烟,寻找、打捞闪光的珠贝——那些浮现在历史深处的人与事。"我害怕忘却,害怕放手哪怕一小部分尚未冷却的过去,这种恐惧早在旧约中就得到首肯与颂扬。在旧约中,记忆被认定为民族义务,拒不履行将招致必然灭亡。"在《记忆,记忆》中,可以清晰地看到斯捷潘诺娃写作激情的来源:"在约瑟夫·哈依姆·耶鲁沙米的著作《记住》中,阐释了这种强制性记忆在千百年来的驱逐与离散中是如何得以保存的。正是记忆要求严守诫命,达成并维护完美,这一要求不是针对个体或家庭的,而是针对整个民族的。纯粹而神圣的生活变成了自我保全的保障。任何一个细节都不可被丢弃或放过。"

《记忆,记忆》让我们看到,俄罗斯新生代作家是如何看待她所生活的国家,以及她的国家所经历的历史记忆的。斯捷潘诺娃富于激情与思辨的书写,她所呈现的悲伤与理智,承接了俄罗斯文学的伟大基因,延续了俄罗斯作家的杰出品质。

自由的心灵开出创造之花

斯捷潘诺娃形容她的家族史是一种波澜不惊的生活，远离了时代的风车矩阵。"我侥幸成为整个家庭中第一个，也是唯一有机会向外界发声的人"，她形容自己的写作"不再是家庭内部的私密交谈，而是面向集体经验的火车站台"。人们关心俄罗斯的历史，乃至关注苏联的历史，因为它是人类社会基于美好的乌托邦理想的一次实验。

"记忆是传说，而历史是描述；记忆在乎公正，而历史要求准确；记忆劝谕训诫，而历史清算纠正；记忆是主观性的，而历史追求客观性；记忆并非基于知识，而是基于体验，比如感同身受，比如同情怜悯。"斯捷潘诺娃写道："由于20世纪的历史在全球范围内播撒下无数灾难，很大一部分人都或多或少自视为幸存者，作为创伤记忆的受害者或继承者，他们往往不惜以自己的今天作为代价去唤醒这些记忆。"

从家族史和个人命运切入，关涉犹太族群的生存实相，进而扩展至俄罗斯民族的流变，这是斯捷潘诺娃的思想视野。《记忆，记忆》的文本结构很像后现代拼贴，被称为"新类型复合小说"，既有历史，也有哲学，更是文学，我称它为跨文体写作，叙事与思辨交替推进。斯捷潘诺娃不断穿行在桑塔格、本雅明、阿伦特等作家的思想之河，从中汲取映照她的思想之光。这种语境构成了文本的现代性，让我们看到这位穿越历史记忆迷雾的作家和我们是在同一时代的，也因此她对历史的态度和书写方式才显得重要。令我产生亲近感的是斯捷潘诺娃对历史的审视是现代性的，她的思想背景与国际知识界对 20 世纪的反思形成同构，具有极强的批判精神。

记忆的遗存，也是文明的遗存。与讲故事的技艺相比，我更看重作家的思想能力，以及对广阔的公共事务的关切度。我欣赏如下的表达并为之感动："俄罗斯，这个暴力不知疲倦地循环往复的国度，构成了独一无二的创伤连锁反应，社会由此从灾难到灾难，从战争到饥荒、镇压，再到新的战争、新的镇压，也正是这个国家率先变成了记忆位移之所。对于最近一百年我们所遭遇的，众说纷纭，影影绰绰，像一层不透明的纸将当下包得密不透风。"

词语犹如路标,指示着事物。在《记忆,记忆》中,我看见了一些让我熟识的词语,比如"告密""人民公敌"等。"开始有人饿死。路上的行人一个个因坏血病而面露菜色,1918年就特别多这种人。据说有人看见两个人被冻死在街头。在那几个星期,死亡的阴影日渐扩大,开始在围困中占据越来越醒目的位置。人们开始描写购买棺材的长队,运送死者的雪橇和马车,倒毙街头的尸体以及从运尸卡车上沿途掉落的尸体。到来年一月底,可怕的死亡已经习以为常,人们习惯了与死者共处,谈起死亡如同唠家常。"

1930年,列宁格勒出版了一本《我们如何写作》的书,著名文学家——从高尔基到左琴科和安德烈·别雷(还有一些思想正统的文学代表),分别讲述了他们的写作过程,即作品是如何构思完成的。有红色伯爵之称的阿列克谢·托尔斯泰坦承,他的灵感的范例和源泉是17世纪的审讯记录,是由默默无闻的书记官当着受审讯者的面,在拷刑架、老虎钳、火刑具的参与下完成的。"保留了受审讯者的语言风格","紧凑而精准",使读者能够看到甚至摸到语言的肌理。"我在此处看到的是绝对纯净的俄语,既没有受到僵死的教会斯拉夫语体的污染,也没有刻意变成带有翻译腔的伪文学语言。这就是俄国人已经说了一千年,却还没有人写过的那种语言。"托尔斯泰说。

斯捷潘诺娃解说道:"托尔斯泰的奇特品味还有一个隐秘内里——政治运动、驱逐、死刑,它们已然在作家身侧,在其书桌边缘徐徐展开。苏联人民委员会国家政治保卫总局展开大规模清洗行动,作家被枪毙,诗人被流放,或者在劳改营服苦役。1930年,帕斯捷尔纳克写道:这一事件的影响将伴随我终生。"在评论为俄国司法文件所记载的"数个世纪以来层出不穷的刑讯逼供"时,斯捷潘诺娃说:"这种文字赤条条的,站在痛苦与屈辱的极限,站在崩溃的边缘。"

斯捷潘诺娃的叙述是全球化背景下的叙事,让我们看到新一代俄罗斯作家与伟大的俄罗斯文学传统的精神联结。她对历史的反思、对记忆的书写是不受限制的,自由的心灵开出了创造之花。

记忆检验人类的良心

"艺术的任务在于展现不可见之物",斯捷潘诺娃引述朗西埃的艺术思想作为自己的准则,她将写作视为"建构纪念碑",力戒"使记忆官方化":"作为其对立面的纪念碑,就其初始意义而言,是以其存在本身维持记忆的。"

斯捷潘诺娃幼年时问过母亲一个问题:"你最害怕什么?"母亲回答:"最害怕针对个体的暴力。"斯捷潘诺娃将权力对个体的暴力视为衍生的黑洞,而黑洞之一就是被捕的曼德尔施塔姆当着她的面走进了外形酷似烤炉的体育场铁门。八岁那年,她第一次听说曼德尔施塔姆,"如今轮到我害怕针对个体的暴力了。对此我表现得十分专业,仿佛我的恐惧、愤怒以及反抗的能力要比我年长,被好几代人打磨得发亮"。

在斯捷潘诺娃绮丽而沉静的叙事中,我看到了熟悉的身影,比如阿赫玛托娃。"梦的记录并非有意的含糊不清,精神恍惚的阿赫玛托娃是否在抛光的大理石桌面见到了自己儿子的脸庞?他被外人抚养成人,远离自己长大,被捕,再次被捕,被无数的劳改营折磨得面目全非;抑或和化身领航员的烧焦的原木一样,梦中的桌子便是她的儿子。"

1942年,被逮捕的亚历山大·韦坚斯基在强制疏散时死在货运列车上;同年9月,列昂尼德·利帕夫斯基在前线失踪;尼古拉·奥列伊尼科夫比其他人走得都早,还在1937年就被枪决。这些人都属于列宁格勒的诗人团体。还有众多作家被枪决或流放:帕斯捷尔纳克因写作《日瓦戈医生》被围剿,最后在疾病、孤独中辞世;索尔仁尼琴被驱逐,流亡异国。这些已载入文学史的事件只是作家生存境况的缩影,而《记忆,记忆》里的如下情节更加令我心绪怆然:

> 莫斯科的卢比扬广场已经被高层建筑占据了一百年,那里先后入驻过肃反委员会、国家政治保卫局、内务人民委员部、克格勃、联邦安全局。广场上有座不大起眼的纪念碑——索洛维茨基之石,是从北方的索洛维茨基群岛搬运过来的一块巨石。1919年在那片群岛上建起了一座劳改营,属于苏联最早的一批,随后,劳改营才逐渐多了起来。

每年秋季，在规定的日子里，人们都会从四面八方赶来参加共同的纪念活动。每人会领到一张方形纸片，上面写着一位在恐怖年代被枪决者的姓名和职业，然后列队依次走到巨石前，高声报出纸片上的名字。这一活动会持续一整天，队伍直到黄昏仍不见缩短。那些痛失父母、祖父母的人，交叉唤出陌生遇难者与亲人的名字。巨石旁边燃起祭奠的蜡烛。

基于某种特别的缘故，很多中国人对苏俄文学并不陌生。从列夫·托尔斯泰的《战争与和平》到陀思妥耶夫斯基的《罪与罚》，从帕斯捷尔纳克的《日瓦戈医生》到索尔仁尼琴的《古拉格群岛》，从阿赫玛托娃的《安魂曲》到茨维塔耶娃、布罗茨基的杰出诗篇，俄罗斯文学的版图广阔而丰饶，俄罗斯作家的人生际遇充满悲剧感。然而，我更希望看到俄罗斯新一代作家的思想状态，看到他们如何看待当代生活，如何面对社会现实，如何处理精神事务。

《记忆，记忆》是一个当代作家的心灵图谱。在国家档案馆偌大的装着明亮落地玻璃窗的大厅里，密密麻麻地坐满了人,充斥着翻动纸页的沙沙声。斯捷潘诺娃需要的材料分散于不同的书库,只有档案号和不知所云的名称。"可怕的酷暑填满了城市的每个角落。我坐在赫尔松国立档案馆的一个小房间里,翻阅着革命委员会的文件,这些文件更多的是对平民的犯罪记录。"在档案馆的书桌旁,斯捷潘诺娃抄下了她想要记下的话:"就像刨开土层翻找被冻坏的去年的土豆一样。"

此前我曾有机会去波兰,看过奥斯威辛集中营,也去德国看了犹太人历史博物馆和大屠杀纪念碑,还在捷克看过犹太人墓地。海面的景观是可见的,这是我们共同的视野所及,而真正让我坐直身子的是作家潜入海底后的发现,那是对我们固有经验的延伸与刷新。

在我经验之外的是著名知识分子的"排犹"情节。具有"反犹倾向"的不止制造大屠杀的德国纳粹,还有安享优越感的作家。从普鲁斯特到纳博科夫,都有异常表现。曼德尔施塔姆,这位写过《时代的噪音》的俄罗斯天才诗人时常为他血统中的犹太身份饱受磨难,曾被公开谩骂是犹太崽子;被犹太身份困扰的还有父母均为犹太人的帕斯捷尔纳克,他在1926年给友人的信里写道:"周围几乎挤满了犹太佬,而且好像就指望着被人画进讽刺漫画或者告上法庭似的,真是没有一点美感。"斯捷潘诺娃写到了以赛亚·伯林在1945年与帕斯捷尔纳克的会面:"我注意到,我每次提及犹太人或者巴勒斯坦都会给他带来明显的痛苦。"

捷克作家伊凡·克里玛在《布拉格精神》中说:"我们写作为了保留对于一种现实的记忆,它似乎无可挽回地跌入一种欺骗性和强迫的遗忘当中。"他还引用米兰·昆德拉的话说:"一个民族毁灭于当他们的记忆最初丧失时。他们的书籍、学问和历史被毁掉。接着另外有人写出不同的书,给出不同式样的学问和杜撰一种不同的历史。如果我们失去记忆,我们将失去自己。遗忘是死亡的症状之一,没有记忆我们将不再是人类的成员。"

"我所构想的纪念碑早已落成,这么多年来我一直就活在其中。"斯捷潘诺娃用异质的文本和广阔的思想成就了自己的夙愿。

帕斯捷尔纳克:刹那的幸福与刺痛

被刺穿的铁幕

在语言中延续一切消逝之物的存在,这是诗人与艺术家的使命。

当我们的目光穿透时间的迷雾,回望 20 世纪风云,凝视俄罗斯辽阔的疆域和复杂的历史深渊,聆听响彻在这片古老土地上的世纪悲歌,才更能理解独属于俄罗斯作家的命运与生存境况。革命、叛乱、恐怖、杀戮、迫害、摧残,这是俄罗斯从未停止过的历史情景剧。在此背景下,也更能理解俄罗斯作家们"创造性的工作"。是的,没有索尔仁尼琴,世界就难以知晓古拉格的残酷；没有布罗茨基，人们就无法领略劳改营与理智的悲伤；没有阿赫玛托娃和曼德尔施塔姆，白银时代罹难的作家和被摧残的诗人就会被遮蔽遗忘，发生在这个国度的人道灾难就难以被讲述。

帕斯捷尔纳克与《日瓦戈医生》，这曾经激荡的生命哀歌在世界流传，悲伤的云翳弥漫在20世纪的上空。"我很幸运，能够道出全部。"这是帕斯捷尔纳克在饱经磨难之后的临终遗言。当我再次缅想这个人和他的创造物时，袭上心头的是刹那的幸福与刺痛。

如果在天有灵，帕斯捷尔纳克应该为《日瓦戈医生》的出版故事感到幸福。不过，这暗中之幸在他生前已经出现。1956年5月20日，帕斯捷尔纳克秘密授权意大利出版商贾科莫·菲尔特里奈利出版《日瓦戈医生》的意大利语译本。最初，小说的打印稿交给了莫斯科广播电台记者谢尔吉奥·德安吉罗，他同时为菲尔特里奈利工作，在俄国寻找有出版潜力的文学作品。1956年，德安吉罗在帕斯捷尔纳克莫斯科近郊的家中做过访问，帕斯捷尔纳克交给他的小说版本，是由最早偷运出苏联的《日瓦戈医生》的打印稿印刷而成，这部打印稿如今收藏在胡佛研究所。

2014年斯坦福大学胡佛研究所向公众展出《日瓦戈医生》三十多个语种的版本。由加利福尼亚大学伯克利分校哲学系教授保罗·曼科苏撰写的《日瓦戈医生出版记》讲述了发现和收藏的故事。菲尔特里奈利拿到书稿后写信给帕斯捷尔纳克,询问《日瓦戈医生》的俄罗斯版本何时出版。当时的情况是,《日瓦戈医生》屡遭退稿,饱受批评,尽管和"文艺社"这样的出版机构有过出版约定,但帕斯捷尔纳克知道,在他有生之年都很难出版。菲尔特里奈利向"文艺社"征询意见,得到的回答是,编辑工作正在进行,在苏联出版之前,请等待下去。就在这时,波兰的《意见》(*Opinie*)杂志刊登了日瓦戈的几首诗,苏联作协秘书处为此传唤帕斯捷尔纳克,他以生病为由没有到场,由妻子伊文斯卡娅代替自己接受传唤。

《日瓦戈医生》在意大利的出版,让职业出版家菲尔特里奈利成为反书报审查的英雄。自20世纪20年代始,没有一个苏联作家可以在没有得到苏联当局的许可前,在国外出版自己的作品。与外国出版社签订合同,被视为某种对当局的反抗;接受外方的版税则是更加严重的罪行。苏联作协要求伊文斯卡娅与德安杰罗联系,不惜一切代价索回小说手稿，有关方面也开始向菲尔特里奈利施压。菲尔特里奈利答复说，《日瓦戈医生》是一部杰作，无论如何他都要出版。苏联"国际图书"组织威胁将菲尔特里奈利送上法庭，直到最后一刻，苏尔科夫仍然要求将手稿归还苏联，说是"为完成统计工作"，作协的虚伪让帕斯捷尔纳克非常愤怒。

1956年11月，《日瓦戈医生》的意大利语版问世。译者佩得罗·茨维捷列米奇意识到使命之伟大，译得既动情又精细。小说刚一发行（1957年11月23日开始在书店发售），苏联当局立刻要求帕斯捷尔纳克与西方记者见面，承认自己与据称将手稿偷运出境的出版商已脱离关系。这个主意出自苏共中央文化部部长波利卡尔波夫。12月17日，一群外国记者被送到帕斯捷尔纳克的别墅，但出乎所有人的意料，帕斯捷尔纳克说唯一的遗憾是小说缺少俄语版。"我的作品遭到批判，可是居然谁都没读过。为了批判，一共只用几页摘抄。"

意大利语版之后是法语版。1957年2月，帕斯捷尔纳克认识了来自法国的年轻女士杰奎琳·德普吕艾雅尔。杰奎琳从帕斯捷尔纳克那里得到了《日瓦戈医生》的打印稿，送交伽利玛出版社。帕斯捷尔纳克与杰奎琳签订了一份委托书，由她代理在国外的事务。此后小说声名远播，包括英语、法语、德语、波兰语、意大利语、俄语、拉脱维亚语、爱沙尼亚语。胡佛研究所副所长埃里克·瓦金在谈到这本书历经磨难的出版史时说："这部世界文学杰作漫长的流传旅程，是冷战时代思想战场上最重要的篇章。"

用斧头解决争议

1958 年 10 月 23 日，帕斯捷尔纳克获得诺贝尔文学奖。诺贝尔基金会秘书安德斯·埃斯特林给帕斯捷尔纳克拍了一封电报，祝贺他获奖，并邀请他出席定于 12 月 10 日在斯德哥尔摩举行的颁奖仪式。帕斯捷尔纳克用法语回复了埃斯特林的电报："无限感激，感动，自豪，吃惊，惭愧。"第二天早晨，苏联作家协会书记处第一书记康斯坦丁·亚历山大罗维奇·费定来到帕斯捷尔纳克的别墅，在二楼书房，二人进行了一场激烈的交谈。费定劝说帕斯捷尔纳克放弃诺贝尔奖，他是代表官方发言，而非表达个人观点。帕斯捷尔纳克态度强硬，表示不会放弃。费定压低声调，做出推心置腹的样子，说自己也是迫不得已。还说如果帕斯捷尔纳克不放弃，后果将难以预料。

诺贝尔文学奖当然不是衡量文学作品价值的唯一标准，2018年春夏之际爆出的瑞典学院的性丑闻以及它的信誉危机，也说明诺贝尔奖并非至高无上，然而百年来世界杰出的作家皆因这一奖项而聚集。在诺奖的历史上，有作家缺席（比如海明威），也有作家拒绝（比如萨特），但帕斯捷尔纳克是因为压力被逼放弃的。

由俄罗斯诗人德·贝科夫撰写的《帕斯捷尔纳克传》记述了帕斯捷尔纳克获诺奖引发的风波以及围剿狂潮。1958年10月27日，苏联作协理事会主席团将召开紧急会议，一位作协联络员上门给帕斯捷尔纳克送来参会通知。"他的脸色阴沉下来，捂住胸口费力地上楼，进到自己的书房。我一下子意识到，他不会被赦免，举国上下为他准备好了一场惩处，他将遭受万众践踏，直到迫害致死。"10月27日，苏联作家楚科夫斯基写下这篇日记，记录了当时的情势。帕斯捷尔纳克虽然精神高度紧张，但情绪并不低落，反而保持着个人正义的强大力量："我想，诺贝尔奖带给我的喜悦不会是孤单的，它涉及我作为其中一部分的社会。我觉得这项荣誉并不仅授予我,也授予我所从属的文学。扪心自问,我也算为它做过点什么。无论我与时代之间的争议多么巨大,我都不认为此时此刻它们需要用斧头来解决。我相信大地和生活中存在着崇高的力量,唯有天空能禁止我始终保持高傲和自信。"

10月26日,《真理报》发表对《日瓦戈医生》的批判文章,标题是《由一棵文学杂草引发的反动宣传之喧嚣》。同一天,《文学报》略经删节,刊登《新世界》编委会关于《日瓦戈医生》的退稿信。舆论界要求以苏联文学青年的名义谴责帕斯捷尔纳克。一些志愿者带着联名书,挨个走访高尔基文学院的宿舍,大约三分之一的学员签了名。为逃避签名,有人躲进厕所,有人旷课,也有人跑到熟人处过夜。参加示威的志愿者寥寥无几,只有三十多人。《犹大,滚出苏联去》的招贴画也出来了,帕斯捷尔纳克被画成犹大的模样,旁边还画了一个歪斜的口袋,里面装着美元,犹大贪婪地扑过来。这帮人举着招贴画,来到沃洛夫斯克大街的作协所在地示威。对帕斯捷尔纳克的围剿和批判,发展成大规模的政治运动。

帕斯捷尔纳克被开除出作家协会。这场批判风暴持续到1959年3月，批判演变为人身迫害，最终夺去了帕斯捷尔纳克的生命。

把自己变成铁石

流亡美国的俄裔美籍作家纳博科夫针对《日瓦戈医生》在畅销书榜单上压倒《洛丽塔》的势头，颇多讥嘲，不断丑化。他将小说的男主人公日瓦戈称为莫名冲动的医生，将女主人公拉拉称为来自恰尔斯克的女巫，整部作品被比作马粪纸托盘上静静的顿河。纳博科夫还将帕斯捷尔纳克与肖洛霍夫相提并论，后者被他视为一个没有人性的作者。纳博科夫这种明显带有侵略性的回应，简单说就是缘于粗鄙的妒意。

孤立无援，苦痛煎熬，这样的体验在帕斯捷尔纳克生前从不陌生。

1929年夏，帕斯捷尔纳克身陷孤独与痛苦之中。折磨他多年的牙疼，迫使他去看了医生。医生们原以为是神经痛，对颌骨做透视后，发现了颌下囊肿，病变侵蚀了相当一部分骨骼。手术势在必行，首先拔去七颗下牙，然后清除囊肿。此外，由于局部麻醉未起作用，医生又害怕全麻会损伤面部神经,因此,每一次被触碰,帕斯捷尔纳克都疼得大喊大叫。妻子守在门外,心惊胆战地听着。术后,伤口愈合得很快,只是两星期内不能说话。"我孤独而郁闷地存在着",这年的12月1日,他写信给茨维塔耶娃,"我完全处于当地文坛之外,也就是说,我本有情,而别人无义","我活得再难不过了,写作也步履维艰"。在12月24日的信中,他又对茨维塔耶娃说:"表面上,我把自己变成了铁石。"

1928年,帕斯捷尔纳克开始写作《安全保护证》。这部作品探究的是个人历史的保存,是与伟大的里尔克和马雅可夫斯基的影子告别,当然也是与自己的影子告别。这是他的精神遗嘱,也是他的自我见证。然而这次写作仿佛是某种谶言,两年后,灾难性事件接踵而至,他彻底丧失了安全感。大清洗运动正在展开,所有人均被席卷,无一幸免。最无辜的人惨遭戕残,仅仅因为单纯,因为无人替他求情或是求情乏力。

1952年秋天,帕斯捷尔纳克终于决定为自己镶一副牙。但假牙镶得不成功,他无法咀嚼,动不动就要缝线和修补。10月20日,一次例行的诊治之后,他回到家,突然失去知觉。妻子给他敷上热水袋,并叫了救护车。只过了七分钟,救护车就以惊人的速度赶来,医生当场怀疑是心肌梗死,注射了吗啡。帕斯捷尔纳克很快苏醒,称自己胸部剧痛,他被抬上车,在去往鲍特金医院的路上开始吐血。心脏科病房没有空位,只能安置在走廊,妻子禁止在身边陪护。

在俄罗斯的苦难大地,也许只有古罗马的斯多葛主义和基督徒情怀才能抵御频繁袭来的厄运,而这两种哲学皆被身处厄运中的帕斯捷尔纳克所运用。后来发生的事情有些难以理喻。帕斯捷尔纳克没有死亡的恐惧,没有肉体的疼痛,也没有待在医院走廊里的绝望,他反而感到一种欢欣和幸福的迸发:"那似乎是生命最后一瞬的时刻,让人比此前任何时候都想跟神说话,赞美眼前所见的一切,将它们捕捉并深深刻印。'上帝',我悄声低语,'感谢你投下如此浓厚的色彩,造就这般生与死,感谢你的语言——绚丽壮观,宛如天籁,感谢你使我成为艺术家,创作即是你的学派,感谢你始终为这个夜晚塑造着我。'我因这幸福而欢欣,而悲泣。"

幸运道出全部

在帕斯捷尔纳克身陷迫害狂潮的时候,环绕他的,除了围剿,还有诚挚的爱,这是文明之光的照耀。1956年,帕斯捷尔纳克将《日瓦戈医生》的打印稿交给过泽莫维特·费德斯基、以赛亚·伯林、乔治·卡特科夫、伊莲·佩尔提耶、雅克林·德·普罗亚。这些打印稿至今尚存:一份存于波兰,两份存于法国,一份存于英国,还有一份2015年从英国来到斯坦福大学。

1945年夏,作为驻莫斯科的英国大使馆官员,以赛亚·伯林访问了当时身处困境的阿赫玛托娃和帕斯捷尔纳克。伯林对后者的评价是:"他从未成为一个流亡者。他一直留在自己的祖国,始终与他的民族共患难。他是俄罗斯文学史上所谓白银时代的最后一位也是最伟大的一位代表。在世界上任何地方都很难再想出一位在天赋、活力、无可动摇的正直品性、道德勇气和坚定不移方面可与之相比的人。"伯林在《苏联的心灵》中回忆这次谈话:"他从未停止写作,当1940年代苏联开始对文学界和艺术界进行大迫害的时候,他的作品实际上是被禁止的，允许他发表的东西微乎其微。但是，作为一个伟大的、无可争议的天才，他的作品只要存在就仍然会对有文化的俄国人以及其他许多人产生深刻的道德影响。许多人只是通过传闻知道他的成就，把他视为世俗的圣徒和殉道者。他始终不顾可怕的压力而忠于自己的信念和艺术，而其他作家则在这些压力面前屈服了。"

《日瓦戈医生》这部被称为"天才的失败之作"的作品，在西方两次被搬上荧幕。学术界为这部作品撰写的论著，所有文献的篇目加在一起，比小说本身还要厚。经历时间的淘洗和时代的磨砺，《日瓦戈医生》成为世纪经典，矗立在文明的殿堂。

《〈日瓦戈医生〉出版记》是一部重要的具有文献意义的书，它收集了《日瓦戈医生》在西方、东欧和南美的出版情形，讲述了美国中央情报局对小说出版的介入和秘密计划。1958年1月2日的一份中情局文件显示，中情局总部收到过一份《日瓦戈医生》的缩微胶片。中情局得到的文本，是一直藏在英国的两份完全一样的本子之一。中情局计划在美国制作一份俄文版，并在1958年夏天的布鲁塞尔世界博览大会上发行。后来的媒体报道表明，有船员通过"格鲁吉亚号"将这个版本走私到苏联境内，苏联驻比利时大使因这一事件被免职。

作者保罗·曼克苏言及写作此书的初衷时说："研究《日瓦戈医生》编辑史的过程中，我还为一个问题所吸引，那就是铁幕是怎样被刺穿的。尽管《日瓦戈医生》在苏联曾经是禁书，但铁幕后各种语言的译本都在苏联和东欧各国得到流传和阅读。"

"阅读《日瓦戈医生》应该慢速，就像他被书写时那样。每天一两页，有时一段就够了。读者一整天都会感到自己是幸福的，会听到仿佛是帕斯捷尔纳克直接向你耳边发出的悲欣交集的声音。"首次将小说改编为影视剧的尤里·阿拉波伏说。2005年，根据《日瓦戈医生》改编的十一集电视连续剧在俄罗斯拍摄完毕，并于次年公开播映。

"生命美好"，这是帕斯捷尔纳克在临终前说的话。其时，他诸病缠身，躺在别列捷尔金诺的居所，孤绝无助。救护车无法驶出莫斯科城外，而政府医院和作家医院也不再收治他。去世前三天，例行的输血暂时给了他力量。"假如就这样死去，也没什么可怕的。"在弥留之际，他怀着伤恸，承认自己被人世间的庸俗所战胜，却仍然对妻子说："我快乐。"说完，帕斯捷尔纳克神智清醒地离开了人世。

索尔仁尼琴:一粒落入磨盘间的种子

1

2007年6月5日,鉴于在人文领域做出的杰出成就,索尔仁尼琴被授予俄罗斯联邦国家奖。几天后,普京接见了他,并对他的获奖表示祝贺。

也是在这个时候,我开始准备赴俄罗斯采访索尔仁尼琴。那时,我已经赴波兰做过前总统莱赫·瓦文萨的访问,受此次访问的启示,我计划做在世的诺贝尔奖得主的系列采访,列入计划的有纳尔逊·曼德拉、戈尔巴乔夫等。当时我所供职的报社很支持这个采访计划,于是,我通过俄罗斯驻华使馆文化处和中国社会科学院俄罗斯文学研究所联系索尔仁尼琴。我很清楚索尔仁尼琴年事已高,而且一直谢绝外界访问,深居简出,潜心写作。然而,就在着手联系采访的时候,突然看到他病逝的消息,不能不说是种遗憾。

在那个隆冬的雪夜,我在笔记簿上写下了这样的话:他的写作是一种纪念碑式的写作。《古拉格群岛》《红轮》《癌病房》,那些卷帙浩繁的著作显示的已不仅仅是文学价值,还有政治价值和历史文献价值。这个人在世间的存在某种程度上鼓励了那些严肃的思想者和书写者,他的道义感、公正心和反抗强权的意志成为生命的鲜明特质,这特质使他区别于同时代的作家,也区别于文学史的书写者。

我是在离开矿区到北京漂流之后知道索尔仁尼琴的,有个同住在出租屋的诗人朋友带着索尔仁尼琴的《牛犊顶上的橡树》,我有些好奇,借来翻看,意外地喜欢。后来在书店看到《古拉格群岛》,看到《红轮》,觉得这是有别于其他俄罗斯作家的一个。他的流亡和政治性身份(比如他是世界公认的"异议者"),他呈现的主题之重大,他揭示的事物之严正,都使他显得卓然而立。从索尔仁尼琴的身上我不仅知道了异议作家,知道了地下文学，也知道了反抗式书写，意识到一个作家的力量可以如索尔仁尼琴这般强大。

2

2008年8月4日凌晨，亚历山大·索尔仁尼琴在首都莫斯科的居所去世，享年89岁。辞世前一天，索尔仁尼琴还在工作——整理30卷的全集，拟在九十岁生日时出版。"他度过了艰难的一生，但他是幸福的，他在苦难中获得幸福。"索尔仁尼琴的妻子娜塔丽娅·安德烈耶夫娜对媒体说。《纽约时报》在当日发表的讣文中称："索尔仁尼琴在1962年凭借《伊凡·杰尼索维奇的一天》登上文学舞台。"在此之前，索尔仁尼琴不过是苏联某个偏僻城镇里一个毫无名气、没有出版过任何作品的高中物理教师。这部关于监狱中劳改犯的小说，具有重大的开创意义，轰动一时，他由此变成了可以与俄国文坛巨人托尔斯泰、陀思妥耶夫斯基、契诃夫比肩的作家。索尔仁尼琴被视为"俄罗斯的良心"，普京在悼念时评价说："我们为有索尔仁尼琴这样的同胞和同时代人感到骄傲，我们要学习他真正的自我牺牲精神以及为人类、为祖国、为追求自由公正和人道理想而无私奉献的精神。"

索尔仁尼琴写作数量惊人,仅中译本《红轮》就有十卷。事实上,索尔仁尼琴的著作比中译本更多,他大半生的写作都是在监禁和流亡中,他称之为"地下写作"。据他的个人档案记载:1945年2月9日,时任炮兵中尉的索尔仁尼琴被捕,被判处劳改八年,最初关在莫斯科远郊的新耶路撒冷城,后转到谢尔巴科夫城等地。"被夹在两块巨石之间"成为索尔仁尼琴人生状态的象征,他不断地迎接这类命运的袭击。监狱生活使他领略到俄罗斯作家的命运:不能出版自己的作品,就连一行字也需要付出头颅为代价。《牛犊顶橡树》是索尔仁尼琴在49岁时写作的回忆录,他开始尝试追忆自己的命运。

"不敢公开地说和写,甚至不敢相信纸张,因为斧钺悬在我们颈上,随时都有斧头起落的可能。绞索套在我的颈上已有两年,但还没有拉紧。我正被夹在两块巨石之间,一块已经推开,在另一块巨石面前,我感到卑怯。"

前半生除了监禁和流放,考验索尔仁尼琴的还有疾患。他在流放之初发现自己得了癌症。"1953年的秋天，好像我是在和生命做最后的诀别，活不上几个月了。12月间，医生们，也是被流放的伙伴证实最多还能活三个星期。我的生命，连同我在劳改营中记诵的一切全部面临毁灭的危险。这是我一生最为可怕的时刻。"在医生许给他的这最后几个星期里，他连续几个夜晚，在因疼痛而彻夜不得安眠的时候，急匆匆地、零打碎敲地写作，把纸页卷成筒形，把一个个小纸筒装进香槟酒瓶，再把酒瓶埋在自己的菜园里。"但是我并没有死。我得的是严重的恶性肿瘤，耽误了诊治，根本没有希望。没有死掉这是上帝创造的奇迹。"

这一年春天，索尔仁尼琴久病初愈，由于大难不死，他如醉如痴（也许他只能再活两三年），兴奋之中写完了《劳动共和国》。此前他已完成多部作品，这些作品或写于劳改营，或写于流放中。他写诗，后来写剧本，最后又写散文，然而在此期间他所能做的就是保住这些作品不被发现，同时也保护自己。

最初，由于需要保守写作的秘密，索尔仁尼琴不能结婚。除了履行他当时担任的中学教师的工作，他必须自己照料生活。地下写作还不够，他需要学会新的技艺——把写好的作品藏起来。他要自己把手稿拍成微缩胶片,没有灯光照明,就只能在晴天进行,然后把微缩胶片藏进书籍封皮里,写好信封寄出去。

在出人意料的病愈之后,索尔仁尼琴获得了"第二次生命",他情绪平稳,甚至有一种愉悦的情感。"我熬过地下写作的那些岁月,是因为心存一个信念:我知道我们这样的人有几十个,分散在俄罗斯各地,是一些闭塞而倔强的孤独者,每个人都凭荣誉感和良知写作,写出他们对我们时代的了解,写出什么是主要的真理;而这个真理并不只是由牢狱、枪决、劳改营和流放构成的。"索尔仁尼琴在《牛犊顶橡树》中回忆道。

3

"这个人的内心要有多么强韧,意志要有多么坚实,才能完成如此浩繁的写作工程。"这是我在阅读索尔仁尼琴时生出的感慨。在索尔仁尼琴漫长的生命史中,我看到了一个人与一个国家的对抗。为什么索尔仁尼琴会有如此强韧的反抗意志?他的随笔《耻辱》似乎可以证实他的心迹:"那是怎样一种痛苦的感受啊,为自己的祖国感到耻辱。如果她被掌控在那些冷漠的或不可靠的人手中,听任他们愚蠢地或功利地左右着她的命运,她呈现在世界面前的是傲慢的、狡诈的或陈腐的形象,注入她体内的不是健康的食粮,而是腐臭的泔水。人民的生活已经沦落到破败与贫穷的窘境,再也无力振兴。那是一种很难摆脱的羞辱感。"

是羞辱感催生了他的义愤吗?我只能这么遥想。索尔仁尼琴说过,"伟大的作家是第二政府",当政府以国家的名义从事非正义之事时,一个有正义感的人必须对国家进行道德上的反抗,这样的思想立场可以从美国作家梭罗的《论公民不服从》中看到。然而以良知对抗一个政权乃至一个国家,需要付出沉重的代价:流放或监禁,被屠杀的威胁,疾病,没有安稳的日常生活,没有恒久的幸福。这些对一个人来说总是重要的,而索尔仁尼琴拒绝或放弃了这一切。书写使他获得精神的慰藉,揭示真相带给他道义的满足,这些支撑他度过了暗淡而凶险的监禁时光与流放生涯。

4

在索尔仁尼琴的一生中,1964年是个特别的时刻。这一年,他在莫斯科西南的依斯契河畔购得一座农舍,告别了中学教师职业,开始专事写作。复活节期间,他向来家中做客的朋友读了刚完成的长篇小说《第一圈》,在此期间,他开始了《红轮》的写作。然而局势日益严峻,从1961年开始,他的创作受到克格勃的内部控制。不久,他托人保管的《第一圈》、集中营长诗、剧作《胜利者的盛宴》等作品手稿被克格勃查抄。此前,索尔仁尼琴已经预感到随着勃列日涅夫的上台,他同苏维埃政权的蜜月期结束了。"他再次成为一个贱民,他的作品将永远不能通过国家的审查体系。他放弃了在官方刊物表达自我的一切愿望,开始越来越频繁地让自己的作品以地下文学的形式出版,也就是由私人出版社出版。"美国作家约瑟夫·皮尔斯在《流放的灵魂:索尔仁尼琴》一书中记录了他在那个时刻的境况:"环境的变化要求他采取一种更为周密、更加谨慎的写作方式。"

1966年,索尔仁尼琴辗转多处,秘密创作《古拉格群岛》。他几乎是与"古拉格群岛"一同出生的,"他们都是同一场革命的孩子"。1918年7月23日,新政权颁布一项法令:"对于所有不遵守现行法律的人,没收其所有财产……投放到监狱中,派往前线,进行强制劳动。"索尔仁尼琴是1918年冬天出生的,半个世纪后,他写道:"集中营的出现和古拉格群岛的产生都源于1918年7月23日的这项特殊法令。这个恐怖的法令除了要求大规模地实施死刑外,还准许苏维埃共和国'以将阶级敌人隔离在集中营的方式来保卫自己'。"

《古拉格群岛》的写作倾尽了索尔仁尼琴的心血,也给他带来了危险。1967年5月22日,他致信苏联第四次作家代表大会,提出要求取消书报检查制度和对他实施监督、控制的事实,苏联官方对索尔仁尼琴的政治围剿由此开始。1968年8月21日,得知苏联坦克进入布拉格之后,他书写传单:"做一个苏联人是可耻的!"但为使《古拉格群岛》的创作能正常进行,他放弃了公开发表的想法。他说:"为了更重要的呐喊,要保住我的喉咙。"

对索尔仁尼琴的驱逐发生在1974年。年初,他被逮捕,苏维埃最高主席团决定剥夺他的苏联国籍;同一天，他发表了著名的《不能靠谎言生活》，与当局的政治斗争公开化。是年 2 月 13 日，索尔仁尼琴被驱逐出境。

最初两年，索尔仁尼琴旅居瑞士，后来还想去挪威，但真正使他安居下来的是美国。他住在佛蒙特州卡文迪什的一个小村庄里。邻居为保护他不受观光客的干扰，在门外张贴了标志："没有通向索尔仁尼琴家的路。"流亡期间，他仍然不断写作并思考了大量有关俄罗斯的新问题。他确信，总有一天他会回到家乡。

在此之前，索尔仁尼琴的家庭生活也多有波澜。1973 年 3 月 15 日，他的第一段婚姻走向终结。他遇见了数学家娜塔丽娅·安德烈耶夫娜，此时的安德烈耶夫娜正暗中参与地下出版物的印刷和传播活动，他们迅速坠入爱河。索尔仁尼琴事后回忆说："她与我一同参与到这场抗争中，我们并肩作战。"他向妻子纳塔丽娅·列舍托夫斯卡娅提出离婚，遭到拒绝。这样的情况持续了好几年。列舍托夫斯卡娅曾经试图自杀，后被及时送进医院抢救过来。与此同时，安德烈耶夫娜为索尔仁尼琴生下两个孩子。最终，列舍托夫斯卡娅同意离婚。不久后，索尔仁尼琴和安德烈耶夫娜在莫斯科附近的一个东正教教堂举行了婚礼。

索尔仁尼琴与当局的冲突也进一步加剧。尽管被剥夺了出版权,但他依然坚持写作和发表言论,以致收到了恐吓信件和恐吓电话,以致他在睡觉的时候床边都会放一支草叉。最后,一直在恐吓他的那些政府探员逮捕了他,把他带到机场并驱逐出境。

在仅仅几个小时里,他如同一股旋风,从苏联的列夫尔特监狱,来到德国科隆城郊一个名叫亨利希-别奥利的乡村小屋。其时,上百名记者围在现场期待他能发出震撼世界的声明。在他们密不透风的围堵下,索尔仁尼琴向记者做了令他自己都想不到的回答:"我在苏联已经说得够多了,现在我要沉默。"他向往的不是被新闻记者围堵的生活,而是一个偏僻的地方——悬崖上的一座房子,从那里可以远远看见涌动不息的犹如钢铁般坚强的海洋。

索尔仁尼琴认为他在德国的停留只是暂时的,后来在美国的生活他以为也是暂时的。"不知道为什么,我很确信有一天我会回去的,而这并不只是美好的愿望,我真心相信它。"他对 BBC 记者说:"我带着这样的信念过着每一天。"

他的信念似乎与现实格格不入，就这样在卡文迪什乡间与世隔绝地生活着。"我全部的生命只有一件事——工作。"

作家哈金在文集《在他乡写作》中写到他的心迹："事实上我总是被索尔仁尼琴的勇敢和接受孤独为工作条件所感动。据他的传记作者 D. M. 托马斯说，那时的卡文迪什连个医生都没有，老索尔仁尼琴由于坐骨神经痛，不得不站靠在讲台边才能写作。我相信让他如此顽强的不仅是对工作的献身精神，还缘于他的基督教信仰灌输给他一种超越今生的延续性的意识：相信有来世，可使一个人此生过得无所畏惧。"

"文学的独立性，足以抵挡时间的流逝。"哈金写道，"索尔仁尼琴虽然声称'我只为我的祖国写作'，但许多年来他无法与俄罗斯人民直接对话；因为用母语写作，他只能通过翻译向西方读者发言。他仍把揭露苏联历史的黑暗视为己任，见证其对人道的摧毁，为没有发言权的俄罗斯人保存记忆。"

5

似乎没有哪个民族的作家会像俄罗斯作家那样经受严酷岁月的考验，流放、监禁、迫害，贯穿在这些作家的生命中，然而他们始终怀有不屈服的意志，在严酷岁月中坚持按照自己的信念顽强写作。他们与国家意识形态保持距离，甚至相互对抗，这种对抗式写作贯穿了他们生命的全程。就此而言，索尔仁尼琴应该是俄罗斯作家中的杰出典范。他看到了一个更高的存在，那是他检验世间生活的标尺，也是他充满献祭精神的缘由。

在索尔仁尼琴最初的流亡生涯中，不同政治背景的出版人，庞大的读者群，怀有持久好奇心的新闻记者，这些支持者的存在使他的作品可以出版流传，使他的思想可以完整呈现，他的妻子的全力支持也是流亡岁月中的某种慰藉。除此之外，还有那么多国际人道主义者的声援，有数以百计的著名知识分子签署请愿书反对苏联当局对索尔仁尼琴的控制。这些支持者包括格雷厄姆·格林、穆丽尔·斯帕克、奥登、君特·格拉斯、海因里希·伯尔、三岛由纪夫、卡洛斯·富恩特斯，以及来自美国的阿瑟·米勒、约翰·厄普代克、杜鲁门·卡波特和库尔特·冯内古特,他们都参加了抵制苏联的活动。当然也应该感谢他所在的时代——那个冷战、杀戮、动荡然而也是道义和激情汹涌的年代,所有这一切都让他如虎添翼。

然而流亡生活也带给索尔仁尼琴精神上的忧虑,他总是担心自己能否在西方写作。"有这么一种说法,人一旦离开祖国,就会失去写作的能力。我会不会也这样?"索尔仁尼琴不断陷入自我诘问中。进入西方世界的他一直努力保持某种理性,对自己的处境也足够警惕。他在自述《决不依附》中写道:"如果我来的真是一个自由世界,那么我想成为一个自由人:拒绝一切媒体的纠缠,拒绝所有的邀请人,拒绝任何社会行动。我所有的拒绝都是为了文学创作的自我保护,能继续安安静静的写作,别让创作之火熄灭。"

1970年10月,因为"在追求俄罗斯文学不可或缺的传统时所具有的道义力量",瑞典学院授予索尔仁尼琴诺贝尔文学奖。然而他未能前往领奖,因为害怕苏联当局会阻止他回国。"对我来说,获诺贝尔文学奖,似喜庆又非喜庆,似痛苦又非痛苦。整整两年,我都过着慌乱的日子。"瑞典学院常务秘书卡尔·拉格纳·吉罗在受奖者缺席的情况下宣读了授奖辞："像所有作家一样，索尔仁尼琴无疑受到时代的社会条件和政治条件的影响。他是在苏维埃新政权下成长起来的第一代作家。他的创作才能的激发跟他的祖国有着不可分割的联系，而他的作品却具有全球性的艺术魅力，这种魅力来自他对贯穿于许多伟大先驱作品中无可比拟的俄罗斯传统的继承。他和他的前辈作家一样，以不同的艺术形式象征性地表达了自己对俄罗斯苦难的沉思和对俄罗斯母亲的挚爱。"

1974年12月，索尔仁尼琴赴斯德哥尔摩领取了四年前获得的诺贝尔文学奖。瑞典学院常务秘书吉罗再次宣读了授奖辞："今天的这个仪式不仅对瑞典学院，而且对我们所有的人都具有特殊的意义：我们终于能够把奖赏的徽章移交给1970年的荣誉获得者。亚历山大·索尔仁尼琴先生，我已经向你作了两次演讲。第一次演讲你没能倾听，因为当时有道需要跨过的边界，你今天的在场并不意味着边界终于被取消，而是相反，这意味着你现在位于一道仍然存在的边界的这一侧。"

晚年的索尔仁尼琴容貌变化很大，与壮年或青年时期比，失去了某种庄严感。那是一个年迈的老人的容颜，枯瘦而纹理密布。相较而言，托尔斯泰的形貌变化不大。从照片上看，托翁的面相始终是饱满的；而索尔仁尼琴则显示出枯寂感，不再是那种精神导师式的容颜。这中间发生了什么？当年的时代发言者成为一个不合时宜的人。

索尔仁尼琴跟他的祖国的关系随着时间的流逝也在变化：最初他是异议者、批评家，后来他成为被驱逐者，再后来他被看成先知般的人物。索尔仁尼琴一生中有过三次回国：第一次是从前线"归来"，本来应该作为胜利者凯旋的他，却被作为"人民的敌人"秘密押回莫斯科；第二次是他从中亚流放地归来，用他自己的话说，"我完全是撞大运……从炎热的、尘土飞扬的荒原回到了俄罗斯"；第三次则是在美国乘坐"阿拉斯加号"先飞到俄国远东地区，然后乘专列横穿俄罗斯大地，最后抵达莫斯科。

其时，正在莫斯科的中国学者刘文飞先生描述了索尔仁尼琴1994年凯旋般的归来。"在海参崴市中心的广场上，索尔仁尼琴在众人簇拥下登上高高的讲台，刚刚升起的一轮红日将崭新的朝霞洒在他的脸上，人们则在他的脸上看到了俄罗斯的希望之光；在莫斯科的雅罗斯拉夫尔车站，自发前来欢迎的人群将站台挤得水泄不通，人们献上鲜花，向他高呼。在火车站前广场，激动的老人对前来欢迎的人群高声说道：'在整个旅途中，我都有一种兴奋的感觉，觉得自己又回到了俄罗斯，又回到了自己人中间。今天，我正是怀着这样的感觉向你们致意，并感谢你们，感谢你们的到来，感谢你们热情的迎接。'"

6

2007年春天，我开始做访问准备，在刘文飞先生的居所听他讲述索尔仁尼琴重返俄罗斯的故事：

> 回国之后的一段时间里，索尔仁尼琴频繁会见记者，多次发表电视讲话，宣传自己的主张和理想。但是不久，人们不无惊讶地发现，这位"俄罗斯文学的主教"又一次沉默，隐居了。对于索尔仁尼琴近几年来的沉默，人们有各种各样的议论。有人抱怨，在先知预报灾难的时候，无人倾听，而在

人们想起要听听他的话的时候,他却沉默不语了;有人引用"在自己的祖国没有先知"这句俄国谚语,既指"墙里开花墙外香",亦有"忠言逆耳"的含义,认为索尔仁尼琴的受冷落是注定的。

在关于索尔仁尼琴处境的讨论中,有一种意见是值得重视的,即在索尔仁尼琴流亡与归来的过程中,他走得不是时候,回来得也不是时候。像大多数 20 世纪的俄国流亡者一样,索尔仁尼琴一直不愿主动出国去寻求西方的同情和支持,而愿意留在国内"斗争"。1970年,他执意要在能获得回国签证的前提下才去斯德哥尔摩领奖。他后来的离去,和布罗茨基一样,是名副其实的被驱逐出境。"索尔仁尼琴的确很少露面,在我来到俄罗斯之后的数月里,仅在电视上见过他一次,那是在他出席莫斯科艺术剧院前的契诃夫纪念碑的揭幕典礼时。只有他的著作静静地站在书店的书架上,等待着与人们的交谈。"刘文飞回忆道。

1998 年 12 月 13 日,索尔仁尼琴迎来了八十岁生日。为了给他庆生,俄罗斯电视台播放了两个纪录片,每个纪录片都连续播放三晚,每晚播放一小时。在同一个星期，著名的大提琴家、作曲家米斯蒂斯拉夫·罗斯托波维奇在莫斯科音乐学院举办了一场纪念索尔仁尼琴的音乐会。同时，由索尔仁尼琴的小说《第一圈》改编的戏剧也在俄罗斯的一个重要的剧院上演。最后，作为生日庆祝的一部分，时任总统叶利钦试图给索尔仁尼琴颁发圣安德烈荣誉勋章，以奖励他所取得的文学成就，然而索尔仁尼琴拒绝接受这项荣誉，以示对叶利钦在俄罗斯崩溃中所扮演的角色的抗议。他说："在今天的状况中，当人民还在挨饿，还在为领取工资而罢工的时候，我不能接受这个奖项。"

独行于世，写作立身。尽管晚年毁誉参半，索尔仁尼琴在回归俄罗斯之后还是坚持表达他对国家的看法。继写作《我们应如何重建俄罗斯》《俄罗斯在崩溃中》之后，他在2000年又出版了文集《200年同行》，引起强烈反响。"索尔仁尼琴是为生活在充满悲剧的当代世界的人的尊严而斗争的巨人。"苏联著名物理学家阿·萨哈罗夫的评价显示了他所在时代的判断。

在索尔仁尼琴逝世之后，时任俄罗斯总统梅德维杰夫的评价也许更符合时代对他的认定："索尔仁尼琴的道路是一个真正的战士的道路，他经受住了各种形式的试炼和苦难。他上过战场的前线,经受过劳改营和流亡的痛苦。但是,在经过命运的一切苦难后,他坚持着对人民的道德伟大和灵性伟大的信仰。他从来没有背叛过自己,没有背叛过他的信念和良知。他总是讲真话,无论是在什么样的情况下。"

帕慕克：我喜欢排山倒海的忧伤

1

暴力对诗意是一种撕裂，就像一块丝绸被刀锋划破。

有人在争吵，男人狂暴地吼叫，女人撕心裂肺地哭嚎。日头像一枚银币悬在天空，阳光苍白，映照长街，地面投下建筑物的暗影。一条倾斜而上的狭长空巷，两边是旧楼房，路边随处可见废弃的水泥沙土和文物。听到吵闹声，我的心脏骤紧，脚步迟疑。有人从空巷的尽头奔跑而来，神情慌张，显然是出了什么事。

在伊斯坦布尔街头，你总会有种不安感，因为异域的陌生，也因为这里的人看上去性情暴烈。那些眼神阴郁、浓须掩面的男人，那些蒙着面罩、穿着黑袍的妇女，都高深莫测。

在到达伊斯坦布尔的第二天，我看到聚集在街头的抗议人群，那些焚烧着橡胶轮胎、追打路人的示威者带给我不祥之感。这个空巷发生了什么？我虽有些惊慌，可还是没能克制住好奇心，走到空巷尽头察看。一个土耳其壮汉挥舞着厨刀追砍一个妇女，几个男人从背后抱着阻止他，因恐惧而发抖的女人难以脱身，只有拼命喊叫。

看到街头这一幕，我更深地理解了奥尔罕·帕慕克。空巷的另一头就是刷成粉红色楼体的纯真博物馆——帕慕克的私人博物馆。临行前，帕慕克在电子邮件里吩咐我们，到伊斯坦布尔先去纯真博物馆看看。

这是一幢临街的三层楼房，从建筑形态看，更像一幢普通居民楼，然而走进博物馆看见的是一个现代风格的展示空间，这是虚构之物在现实中的具象呈现，它的创意来自帕慕克的同名长篇小说。富家少爷凯末尔爱上了18岁的清纯美少女芙颂，两人的爱情来而复去，凯末尔想找回爱人的心，此后追寻八年未果。凯末尔爱芙颂，也爱芙颂爱过甚至触碰过的一切。痴情、忧伤的男人收集着心上人的所有物品。

博物馆与小说形成互文,帕慕克在小说里写到的物品在这个空间都能找到。据说有4 213个烟蒂,每个都是芙颂吸过的,这些烟蒂像昆虫标本一样排列在一个框架中,而小说里出现的情节则以装置艺术的形态陈列在一层的玻璃橱窗里。

一阶一阶地沿楼梯走上去,会看到83个展柜,对应着小说中的83个章节,它们共同组成了凯末尔对芙颂的思念。衣裙、头饰、手套、盐瓶、顶针、发卡、烟灰缸、耳坠、纸牌、钥匙、扇子、香水瓶、胸针……放置在不同位置的黑白影像和纷繁物品一起叙述着一个凄美的爱情故事,也叙述着这些物品的沧桑史。在纯真博物馆,只要戴上耳麦,就可以听到帕慕克解说这些影像和物品的声音。这是一个"虚构的真实世界"——由真实的细节呈现一个虚构的世界。

2

2015年7月,应《时尚先生》邀请,我为杂志在九月的专题《巨匠与杰作》赴土耳其访问帕慕克。一位同行者说:"我们的航班会飞临叙利亚交战区。"我曾看到那个位于战区的国家在某夜投掷的炸弹如暴雨倾泻,前往伊斯坦布尔的旅程让我体验到别样的不安。

出现在机舱里的文字有英文,也有阿拉伯文。首航7个小时后在迪拜转机,在机场停留期间,能不时看到全身蒙着黑纱披着黑袍只露出眼睛的女人。某个时刻,机场的广播里会传来男人以阿拉伯语唱诵的"唤拜"(ad-ban),这一切都令我感到异境的神秘。这是一种对陌生国家和陌生人群怀有的不安,我将这不安命名为"文明的隔离"。

当地时间17点50分,飞机降落在伊斯坦布尔机场。海关检查缓慢而低效,入境的人群拥挤在大厅,等候的队伍长达数百米,而边检口只有四个,边检人员不紧不慢地查看材料。入境后,我们乘出租车去酒店,沿途看到博斯普斯海峡,看到海面上行驶的游轮,看到海边漫走的游人,也看到了交通晚高峰。这是一次令人绝望的拥堵,刚好遇上斋月,倾城出动的车辆让城市交通瞬间瘫痪。陌生的面孔,陌生的语言,不时有男人骑着摩托飞过,车后坐着蒙着黑纱的女人。听着出租车司机对骂,看着老城荒败的街景,到处都是破损的楼房,我逐渐生出对伊斯坦布尔的失望。

酒店在新城的塔克西姆广场附近，这个广场被称为现代伊斯坦布尔的"心脏"。抵达酒店已是人困马乏，加上时差，便赶紧睡觉。然而我忘记查看窗户，其中一扇是开着的。彻夜都是喧闹和嘈杂，不断有汽车在石板路上驶过，车轮急速碾压石板发出轰鸣，车里的重金属音响也跟着一起轰鸣。凌晨三时半，我再次听到清真寺宣礼塔上响起阿訇"唤拜"的诵祷声。

次日清晨，看到酒店外的老街，竟意外地感觉美好。我独自走出酒店，沿着老街走到塔克西姆广场散步，观看这座老城的街景和人群。

布罗茨基在随笔《逃离拜占庭》中称伊斯坦布尔是历史的郊区，他写道："那里的街道是弯曲的、污秽的、可怕的，用极难看的鹅卵石砌成，堆满垃圾，垃圾不断被那些饿鬼似的猫乱翻；那座城市以及城市内的一切，强烈地散发着阿斯特拉罕和撒马尔罕的味道。"阿斯特拉罕是俄罗斯西南部城市，撒马尔罕是中亚古城，都是布罗茨基厌倦的城市。

布罗茨基写《逃离拜占庭》时45岁，他在雅典的利卡贝托酒店里回忆伊斯坦布尔："东方的谵妄和恐怖，亚细亚尘埃滚滚的灾难,只有先知的旗帜上才见得到绿色。这里除了胡须什么也不长。世界像一个黑眼睛,晚餐前胡荃丛生。篝火余烬用尿浇灭。那气味!臭烘烘的烟草和汗水湿透的肥皂与裹在腰部如同另一件包头巾的内衣裤的混合。即使在城市里也不断飞入你口鼻的无所不在的沙粒,把世界挤出你的眼睛。"

那时的布罗茨基结束了流放生涯,旅居异国。他自由地在世界旅行,自由地在陌生的国度漫步。然而布罗茨基被语言所隔绝,他在 1985 年回忆着那个时刻:"我穿梭在一条没有尽头的大街上,那里拥塞着人群和车辆,汽车喇叭在我耳中狂嚷,由于一句话也听不懂,我突然觉得这其实就是死后的生活——觉得生命已结束,但活动仍在继续;觉得永生就是这个样子。"我想象着布罗茨基当年在伊斯坦布尔漫游的样子,再对比自己今日之所见。作为外来的旅行者,我对这座城市的感受是衰落与颓败共存。

除了城市风貌,伊斯坦布尔所拥有的自然与历史遗迹也是必须要看的。位于黑海和马尔马拉海之间的博斯普鲁斯海峡,将欧洲和亚洲分隔开来。作为土耳其的咽喉,博斯普鲁斯海峡北连黑海,南连马尔马拉海和地中海，这条全长30公里的海峡是黑海沿岸国家出外海的唯一通道。在乘坐轮渡游览海峡之前，我在博斯普鲁斯大桥上走过。海鸥在身边飞翔，雄鹰在空中盘旋，麻雀在钢架的桥梁上嬉戏。"假使这城市诉说的是失败、毁灭、损失、伤感和贫困，博斯普鲁斯则是歌咏生命、欢乐和幸福。"帕慕克在《伊斯坦布尔：一座城市的记忆》中写道："在伊斯坦布尔这样一个历史悠久、孤独凄凉的城市中游走，却又能感受到大海的自由，这是博斯普鲁斯海岸之行令人兴奋之处。"

3

1960年代中期，帕慕克正就读伊斯坦布尔的罗伯特学院，其时他花了不少时间站在从贝希克塔斯到萨瑞伊尔的拥挤的公共汽车上，眺望亚洲那岸的山丘，看着如神秘之海熠熠闪耀的博斯普鲁斯随日出变幻的颜色。"一个以城市的废墟和忧伤为题的作家，永远意识到幽灵般的光投射在他的生命之上，沉浸于城市与博斯普鲁斯之美，就等于想起自己的悲惨生活和往昔的风光两者相距甚远。"帕慕克追忆道。

我对帕慕克的造访首先是对他心灵的造访,而不是作为新闻记者对文学偶像的造访——对此我的热忱已经消失。这也是作为一个人对另一个人的造访,他们同样敏感、内省甚至脆弱,同样热爱美、诗意和精神的创造。我愿意将他视为自己精神的兄长,尽管我自己的同胞兄长事实上与我形同路人。

在纯真博物馆,我看到一幅黑白照片,那是帕慕克少年时期居住的一幢临海的房子,他经常在窗口看到大街上的人们为死去的亲人悼亡,看着出殡的人们抬着棺木在街上走过。这时我才理解帕慕克持续多年的忧伤因何而来。

我沿着破败的街区漫步,这是我见过的猫狗最多的城市——大街上,窗台上,门洞里,随处可见。在餐馆用餐时,腿间会有猫狗随时出现。土耳其人对它们太友好,伊斯坦布尔简直就是猫狗的天堂。到伊斯坦布尔之前我被各种警告,在做旅行攻略时也看到旅行书籍对游客的各种警告,这让我隐约感到不安。然而真正踏入这片土地,我知道恐惧并非常态。

走在伊斯坦布尔老城区,在街心公园和城市广场随处可见席地而坐的人。成千上万的人群下午就开始聚集,到黄昏时已占满街头的每一处空间,人们等待着蓝色清真寺宣礼塔上响起阿訇"唤拜"的诵祷声。夜晚来临,我们进入蓝色清真寺,每个人都要将鞋子脱掉。清真寺的地面由青石铺就,被脚磨得光可鉴人,到处都是神情肃穆、静默祈祷的人。

在蓝色清真寺,我躺在回廊之间的青石台上,枕着手臂,直面星空。无论是夜空中的群星,还是大地上的青石台都洁净得一尘不染。

在伊斯坦布尔,每到相对闲散的时刻,我们都会在酒店外廊坐下来喝杯咖啡,看看马路上来来往往的土耳其人。那些身材挺拔、面容英俊的青年,神情严肃,行色匆匆。土耳其的女性虽然大多都蒙着黑纱穿着黑袍,但她们身上亦有种神秘之美。她们习惯了自己的生活,神情透出安然与祥和。不安的是我这样的外来者,不仅在他们的生活之外,也在他们的信仰与文明之外。

纯真博物馆是我在伊斯坦布尔去得最多的地方。那是一条平缓下行的坡道,两边都是经营文物的商铺,各种光线幽暗的房子里堆积着数不清的老物件。我买了一个第二次世界大战时德国士兵遗留下来的黑铁铸的收信箱,把它带回了长春的家里。我猜想帕慕克就是这样在街头店铺寻觅的:"我一边写小说,一边留神各种物品。"帕慕克在他的演讲集《天真的和感伤的小说家》里说道:"二手商店、跳蚤市场、热衷收藏的熟人家里,我都在寻找那些在他想象中从1957年到1984年住在老房子里的虚构家庭使用过的物品。各种旧药瓶、一袋袋的纽扣、国家彩票券、扑克牌、衣服和厨房用品。"

有一次,帕慕克在逛一家二手店时,发现了一条浅色的裙子,上面装饰有橘色玫瑰和绿叶,他认为正好适合小说女主人公芙颂,就把裙子摆在眼前,开始写芙颂身穿这件裙子学开车的情节。走进纯真博物馆,我看到芙颂穿的那条裙子就摆挂在一层的橱窗里。物是没有意识形态色彩的,它的具象形态很容易被理解。走进这物品的森林,我仿佛看到了自己的家族往事——缝纫机,座钟,针线盒,这些来自祖母的物品,我在家里也看到过。仔细观看那些旧物,仿佛能看到流逝的时间。

4

"作家带着自身秘密的伤口,隐秘到连我们自己都不易察觉,承认这些痛苦和伤口的秘密,当作我们写作的资源。"帕慕克传达的更多是"呼愁",他是深植祖国传统和现实的人。"我喜欢排山倒海的忧伤。"这是帕慕克最打动我的一句话。

"我身处一个毫不关怀艺术的社会,不管是作家还是画家,这个国家不给他们任何鼓励和希望。"2006年,帕慕克发表了获得诺贝尔文学奖的演说《父亲的提箱》:"众多社会、部落、民族关切自己的作家笔下的文字时,就会变得更文明、富裕而先进。我们都知道焚书坑儒、诋毁作家是黑暗与荒淫时代降临到我们头上的讯号。"

我对这位从事文学艺术生产的作家满怀敬意,并非因为他教会了我什么,而是因为他让我更加确信某种写作信念:

> 要做作家对我来说,就是一个经年累月耐烦的

追求,才发现"秘密的他人"——一个在你里头的人。当我说到写作,我首先想到的不是一部小说,一首诗歌,或者文学传统。而是一个人关在书房里,坐在桌前,孤独地内省;在内心的阴影之中,他用词语建立起一个世界……当一个作家的秘诀不是灵感,因为谁都不知道灵感从哪里来。作家的秘诀是固执,是耐心。一句可爱的土耳其俗语说:"用一根针挖一口井。"

我经常将热爱的作家当作我的精神共同体,他们在无形中排成一个强大的阵列陪伴我的生活,他们是我可以汲取的不竭的精神资源,是可以用来防卫和救助自己的武器库。不能忘记的还有帕慕克的另一句话,这个被称为政治作家的写作者说:"政治不是我们热切为自己做出的选择,而是我们被迫接受的不幸事故。"

2007年,我访问爱荷华大学"国际写作中心"的创办人聂华苓女士,她讲到了帕慕克在爱荷华时的状态。帕慕克是当年受邀请的作家中最勤奋的一位,那一年他33岁,正在通宵写作《白色的城堡》,生活黑白颠倒。聂华苓说他是"土耳其的社会良心,但他不以社会异议者自居。他尊崇的是艺术,但他也决不放弃说话的自由。"

2005年,因为在一次访问中谈到土耳其历史上有过一百万亚美尼亚人和三万库尔德人被屠杀,他受到了死亡威胁和媒体讨伐,土耳其当局以"公开诋毁土耳其人民尊严"为由对他进行指控。

实际上,帕慕克的文学是多样和丰富的:《雪》是政治小说,读这部书很容易将他想象成政治作家;写了《纯真博物馆》《新人生》的他又被看成是情感作家;而读《我的名字叫红》《黑之书》又会视其为悬疑作家。这种丰富性和多变性也是他有意追求的。帕慕克很像《雪》的主人公卡——对政治并不是特别感兴趣,甚至根本不喜欢政治。他看待土耳其政治的方式就像别人看待一件意外的事故——不在意料之中,却已被卷了进去。"政治小说是一种有局限的体裁,"帕慕克说道,"因为政治包含一种不去理解非我族类者的决断,而小说艺术则包含一种要去理解非我族类者的决断。政治可以被纳入小说的程度是无限的。"

纽约文学志

1

宾夕法尼亚酒店建于 1919 年,是我在纽约入住的地方。清晨,时代广场的钟声准时响起,阳光透过窗帘晒进来。每天的时光都是新的,我让自己打开感官,将穿越纽约的旅行当作一次贴面舞蹈。

"我身上带着纽约,仿佛人们在眼睛里传送一个陌生的躯体,带着因温情和否定一切的愤怒而产生的泪水。也许这正是人们称之为激情的东西。"阿尔贝·加缪在随笔《纽约的雨》中写道。1946 年 3 月 10 日,加缪在勒阿弗尔登上奥尔贡号邮轮前往纽约。这是一艘没有起居设备的货船，加缪眺望曼哈顿与哈德逊河沿岸景色，心潮激荡。

2017年9月27日，抵达纽约的第三天，我站在布鲁克林大桥远眺纽约城，纽约东河海滨就在脚下。透过钢索大桥木质桥板的缝隙，能看到桥下涌动的河流。极目远眺，曼哈顿的摩天大楼高耸如浩瀚森林。此刻，我又想起加缪的话："是的，我不知所措。我知道有些城市像某些女人一样，推搡你，擦破了你的灵魂，从你的全身带走珍贵的灼伤，既是丑事，又是乐趣。"

加缪是我给自己找到的第一个陪游，看到他写纽约的文字我感到莫名亲近："我爱过纽约，以一种有时使您充满犹豫和厌恶的强烈的爱；人们有时候需要流放。""如果有天空的话，纽约也许就什么都不是了。延伸到视野的四个角落，赤裸、张扬，这天空赋予城市早晨的荣耀和夜晚的尊贵，在这样的时刻，烧得通红的落日扑在第八大街上，扑向巨大的人群。"

其时，加缪作为法国抵抗运动的代表人物和文化界的新星赴美，在美国逗留期间，他的身份是法兰西共和国临时政府的官方代表。他登上了客货两运的法国大西洋运输公司的奥尔贡号邮轮，与另外三位旅客同住一个客舱。当轮船停靠纽约码头后,移民局官员上船盘问外国旅客:是否参加了共产党?是否有朋友是共产党员?加缪拒绝回答这两个问题,他被移民局的警察扣留。尽管后来获得自由,但他已精疲力竭,又得了流感。加缪就这样步履跟跄地踏上曼哈顿的土地,开始了平生第一次纽约之旅。

"天空变暗,白日将尽,纽约又变成了伟大的城市,白天是牢狱,晚上是柴堆。"加缪对这座城市爱恨交织。

纽约的天气有些阴晴不定,午间太阳炽烈,晒得人有眩晕之感,夜晚则清凉,遇到下雨更是寒气逼人。我当然会仰望纽约的天空,因为摩天大楼太多,每一座都有说不尽的往事。1889年,百老汇大道50号建起了第一幢摩天大楼,这是一幢13层的塔式大楼酒店;1890年,16层的世界报大楼在公园街揭幕;1893年,曼哈顿人寿保险大楼完工;被称为漏斗大厦的福勒大厦于1902年完工,位于百老汇大道、第5大道和第23街交汇的三角形街口。自此,纽约无与伦比的天际线开始形成。

2

纽约有世界之都和艺术之都的美誉。在以往的岁月里,以纽约为重镇,兴起过社会运动和文化艺术潮流。格林尼治村、布鲁克林和曼哈顿聚集着不同的艺术群落,在不同的时代涌现过纷繁的艺术潮流。这是一个群星闪耀的集合:创作《草叶集》的国宝级诗人沃尔特·惠特曼,美国现代小说先驱西奥多·德莱塞,写作《天使,望故乡》的托马斯·沃尔夫,写作《赫索格》的诺奖得主索尔·贝娄。当然,还有写作《了不起的盖茨比》的司各特·菲茨杰拉德,是他最先将 20 世纪 20 年代描述为"爵士时代";写作《蒂凡尼的早餐》和《冷血》的杜鲁门·卡波特,是他开创了美国非虚构写作的典范;写作《刽子手之歌》的诺曼·梅勒,深受美国总统约翰·肯尼迪的喜爱……我愿意追寻这些杰出作家和艺术家在纽约的生活足迹,他们敏锐的心灵犹如工艺精良的探测器,可以看见城市与人性最细微的纹理。

"纽约市寒冷,沉闷,神秘,是世界的首都。在第七大道,我路过一幢大楼,那曾是惠特曼居住并工作过的地方。我停了一会儿,想象着他在那里写出并唱出他灵魂深处真实的声音。我还在第三街爱伦·坡的故居前做过相同的事,对着那些窗户投去哀悼的目光。"这是2016年诺贝尔文学奖得主、美国民谣之父鲍勃·迪伦在自传《像一块滚石》里写下的回忆。"这个城市就像一块未经雕琢的木块,没有名字、形状,也没有好恶。一切总是新的,总在变化。街上的旧人群已经一去不返。"

在纽约期间,我每天清晨出发,走出入住的位于第七街的宾夕法尼亚酒店,在这座城市不同的区域漫游:纽约公共图书馆、纽约大都会博物馆、摩根图书馆、中央火车站、中央公园、纽约市政大楼、卡内基音乐厅、百老汇歌剧院、纽约现代艺术博物馆、特朗普大厦、帝国大厦、世贸纪念遗址、自由女神像……然而,格林尼治村才是我最为钟情的去处。我很早就知道它是美国非主流艺术家的聚居区,作家和诗人是这个村落的重要成员。

到纽约的第二天上午,我离开酒店,步行到格林尼治村。沿第五大道东行,途经华盛顿广场公园、纽约大学、马克道格大街、贝德福德大街。华盛顿广场公园

20世纪80年代初期曾经是毒贩的巢穴,但它声名日炽更多是因为聚集在此的嬉皮士运动。贝德福德大街上的建筑呈现着18世纪的风格,这里也是著名的同性恋街区。马克道格大街曾是自由艺术家们的聚集之地,也是美国60年代文化的标志,反战、反潮流的集会不断在这里上演。

第十二街上有家艺术电影院专放外国电影——法国的,意大利的,德国的,这很符合格林尼治村的气氛。鲍勃迪伦在那里看了费里尼的电影——《大路》和《甜美生活》,"这些片子看待生活的角度就像一面狂欢节的镜子,用怪诞的方式讲述普通人"。

鲍勃·迪伦在自传里回忆自己在格林尼治村的境况:"清晨,走在曼哈顿第七大道上,有时会看见有人睡在轿车的后座上。我很幸运有个地方住——甚至纽约人有时都没地方住。有很多东西我都没有,也没有什么具体的身份。'我是一个流浪者,我是个赌徒。我离家千里',这句话很好地概括了我。"

格林尼治村到处都是民谣俱乐部、酒吧和咖啡馆。歌手们在这里演唱旧时民谣和乡村布鲁斯,他们大多是在全国范围内有知名度的民谣歌手,而且必须有工会的联卡才能在那里工作。星期一晚上是"名歌之夜",不知名的歌手可以在那里演出,鲍勃·迪伦也经常出现在这里。他住在朋友那里,夜晚演出,天亮前回到住处,爬上黑暗的楼梯,小心地关门,像钻进地窖一样钻进那张沙发床。鲍勃·迪伦在自传中回忆他初到格林尼治村时说:"回到格林尼治村,一切都很正常。生活并不复杂,每个人都在等待新开始。有些人等到了,他们就走了;而有些人永远等不到。我的新开始来了,但现在还没到。"

1966年,鲍勃·迪伦在一次几乎送命的摩托车事故之后退隐。1974年1月,迪伦和他的乐队在麦迪逊广场花园举行的音乐会上复出。他演唱了人们喜爱的怀旧歌曲,音乐会接近尾声时,全场亮起了打火机,人们还点燃了蜡烛,现场观众随着《像一块滚石》的音乐激情狂舞。

此时,摇滚乐、反越战、性与毒品、群居生活,成为美国文化狂潮。这场被称为嬉皮士的运动培养了大批艺术家,他们集中在格林尼治村并散见于许多其他城市和大学城。嬉皮士文化和垮掉的一代成为美国1960年代最接近波希米亚式的艺术潮流,对美国当代史产生了深远影响。

3

"我们开始在合众国旅行/从今开始航行到每一块陆地/每一片海洋。我们乐意向所有人学习/给所有人教诲/爱所有人。"这是惠特曼题为《在合众国旅行》的诗句。

我第一次知道布鲁克林大桥是在初中地理教科书中，然而真正让我好奇的是布鲁克林住着很多作家和艺术家。这是纽约又一个非主流的艺术创意区。杜鲁门·卡波特在布鲁克林高地居住过；阿瑟·米勒在布鲁克林出生，他的名剧《推销员之死》就是以布鲁克林为背景创作的。

一百年前，布鲁克林是美国的第三大城市。1898年，原来仅有一个曼哈顿岛的纽约市开始扩展，布鲁克林作为一个行政区被囊括进去。惠特曼就是在布鲁克林长大的。1819年5月31日，惠特曼出生于纽约长岛的西山，父亲是农夫和木匠，有八个孩子，惠特曼排行老二。1823年，全家迁至布鲁克林。惠特曼在布鲁克林公立学校读书,中途辍学,在律师事务所当勤杂工,后来又在布鲁克林印刷厂当学徒。青年时期,惠特曼迁往曼哈顿,为报社做排字工和记者,开始创作短篇小说,1842年发表了唯一的中篇小说《富兰克林·伊文斯》。1848年,他返回布鲁克林,创办《布鲁克林自由人报》,同时开始《草叶集》中的诗歌创作。

美国内战期间,惠特曼作为伤员和探视员先后在纽约和华盛顿的战地医院义务工作。1865年,惠特曼在华盛顿观看林肯总统的第二任就职典礼。当年还没有布鲁克林大桥,去曼哈顿要乘渡船,他因此写过一首诗《过布鲁克林渡口》。在纽约的曼哈顿岛和布鲁克林区之间的东河入海口岸,即为布鲁克林渡口,在1883年布鲁克林大桥建成通车前,是纽约重要的交通枢纽。

他们将走进渡口的大门,从口岸到口岸/他们将看到潮水汹涌/他们将看到曼哈顿北边和西边的航船,看到南边和东边的布鲁克林高地/他们将看到大大小小的岛屿/今后五十年,太阳还有半个钟头就要落下的时候,将有人看见他们过河/今后一百年,或者几百年后,又将有别人看到他们/欣赏这夕阳西下,潮涨潮落。

保罗·奥斯特也住在布鲁克林。他是一位奇特的作家,被称为"穿着胶鞋的卡夫卡",儿时被雷电击中过。

1947年,奥斯特出生在新泽西州纽瓦克市的一个犹太家庭,母亲是布鲁克林人。奥斯特后来也搬到了布鲁克林,与妻子——作家希莉·胡斯威特住在第七大道一座建于1892年的褐色公寓里。在这座公寓附近还有一套房子是奥斯特专门用来写作的,在那里,他不用手机,也不上网,伏案笔耕,心无旁骛。

保罗·奥斯特写过长篇小说《布鲁克林的荒唐事》,还在另一部小说《纽约三部曲》之一《幽灵》中写过主人公对布鲁克林大桥的遐想:

> 约翰·罗布林,大桥的设计师,刚做完设计没几天,就让码头桩和渡船挤了脚,不到三个星期就死于坏蛆症。约翰·罗布林死后,他的儿子华盛顿接手,成了总工程师。当时华盛顿·罗布林只有三十一岁,除了在内战期间设计过一些木桥外,没有什么建筑经验。然而事实证明他比他父亲更有成

就。在布鲁克林大桥开始建造不久,在一场火灾中他困在水下沉箱里长达几小时,出来时得了严重的沉箱减压病,这是一种血液病。那场灾祸几乎要了他的命,后来成为残疾人,不能再走出他和妻子在布鲁克林高地那座房子的顶层卧室。那些年,华盛顿·罗布林每天只能坐在那儿,透过望远镜观看布鲁克林大桥的施工进展。为了让那些不懂英语的外国工人能够看懂下一步的工序,每天早晨由他妻子将他的旨意精心绘制成彩图带过去。整座大桥完全装在他的脑子里,他把每个部件都记了下来,包括那些最细小的钢栓和石头构件。尽管华盛顿·罗布林从未踏上过大桥,可整座大桥就像是铺展在他的脑子里。

4

"史前野人"是诗人艾伦·金斯堡对"垮掉派文学"明星的形容,他在接受《巴黎评论》访谈时说:"那些人各个特立独行,开天辟地。"

旧金山的城市之光书店,跟伦敦的莎士比亚书店一样,可以载入20世纪文学史,原因当然是书店与作家的渊源。城市之光书店曾是"垮掉的一代"的大本营,创作小说《在路上》的凯鲁亚克和创作诗歌《嚎叫》的金斯堡,作为这一潮流的旗手已经载入美国20世纪先锋文化史。

我的出版人就住在旧金山,她专程自驾到洛杉矶接我。做完在洛杉矶的读者见面会后,她开车带我们沿美国西海岸1号公路行进。在赴旧金山途中,我们停下来,寻找萨利纳斯小镇,这是约翰·斯坦贝克的故居。生于1902年、逝于1968年的斯坦贝克一生共创作了27部作品,我很早就读过他的长篇小说《愤怒的葡萄》。

斯坦贝克和父母兄弟住过的房屋的模型就建在展厅里,仿佛那是一个真的家。晚年的斯坦贝克开着房车周游美国,他说:"我要去了解我的国家,我已经忘记了它的味道、气息和声音。我不去城市,我要去小镇、农庄和牧场。我要坐在酒吧里,星期天要去教堂,我要隐姓埋名地去。我只想去看和听。"1962年,斯坦贝克完成《寻找美国》,同年获得诺贝尔文学奖。

到达城市之光书店已是我们来旧金山的第二天午

间。远远看到书店,我的心里就涌起潮水般的温情,如同朝圣者拜谒圣地。在紧邻书店的一个彩绘涂鸦的胡同口,开着一家名叫凯鲁亚克的酒馆,据说是"垮掉的一代"主将们经常聚会的地方。

走进书店,密集排列的书架之间以及墙壁上挂着"垮掉的一代"的黑白照片,在里间的楼梯口有个专区陈列《嚎叫》当年印制的版本。

作为"垮掉派文学"潮流的领袖,有"怪杰"之称的金斯堡是在旧金山成为一个诗人的,1956年他的第一本书《嚎叫》也在旧金山出版。还是在旧金山,这本书被控犯有淫秽罪。

20世纪40年代中期,垮掉派文学运动在哥伦比亚大学兴起,核心人物金斯堡是哥伦比亚大学学生。1945年,金斯堡因为在宿舍窗户的灰尘上书写亵渎神灵的言语被开除,他来到纽约118街的公寓与凯鲁亚克同住。然而,在1950年代垮掉派文学的鼎盛时期,金斯堡和凯鲁亚克大部分时间都住在旧金山。

1958年,金斯堡重回纽约,与一些先锋诗人同住格林尼治村,共同发起"嬉皮士运动"和"反越战行动",成为惊世骇俗的一代。

1965年劳动节那天,激进的金斯堡被布拉格学生选为"五月之王",然而不久他就被捷克斯洛伐克政府驱逐出境。这意外的插曲并没有影响金斯堡,他离开布拉格后前往古巴、波兰、苏联漫游,继续他后来持续一生的叛逆之旅。

伏尔塔瓦河岸的倒影

1

在布拉格街头看到卡夫卡肖像时，我的心头总会震动。地铁入口，购物商城，马路之侧，总能看到卡夫卡沉静而忧郁的肖像，甚至在酒吧都会看到卡夫卡的剪影。我当然知道这是卡夫卡的故地，但在一座城市如此频繁地出现一个作家的身影，可见这城市独有的精神气质。

我行走在布拉格街道，如同行走在卡夫卡沉郁的目光里。卡夫卡博物馆位于布拉格城堡山丘之下的伏尔塔瓦河畔，走过查理大桥西行即是。进入幽静的庭院，映入眼帘的是一个铁艺的高过屋顶的黑色 K 字。

卡夫卡博物馆颇具实验风格,除了以实物、照片和手稿讲述卡夫卡的生平故事,还采用各种声光技术模拟小说中的主题和情境,使观者更逼真地体会卡夫卡的人生境况和写作生涯。

有很长一段时间,我外出旅行总会随身带着卡夫卡的《审判》和《失踪者》。这是我在台北诚品书店买的正体字版,我欣赏它完整呈现的卡夫卡形象。德国作家托马斯·曼的儿子克劳斯·曼在后记中的话令我深感契合:

> 他接受了他的命运。他是勇者——一个英勇的古老民族柔弱而顽强的子民,这个民族拥有最多受苦、受辱和坚韧不拔的经验。然而有时候,他多情的愁绪想必会越过海洋,去拜访那个他创造出来后抛弃在彼岸的漂泊少年,捎去他的祝福和希望……这个诗人和先知必须歌颂并分析他的厄运,必须继续和一位幕后的神对话——不倦、诙谐、热情、绝望,却又忠实。

在卡夫卡博物馆幽暗曲折的空间里，相邻伏尔塔瓦河一侧开着一扇小窗。这是一个别致的视角，望出去就是查理大桥，流水如银器碰击般喧响，两岸风景尽收眼底。我在布拉格色彩瑰丽的街道寻访哈维尔的遗迹，在金虎酒吧寻访赫拉巴尔的行踪。1994年，赫拉巴尔曾与捷克总统哈维尔和到访的美国总统克林顿同在金虎酒吧喝酒。晚年的赫拉巴尔孤独而病弱，据说他是在布洛卡医院的窗前探身喂鸽子时坠落而亡的。

喂鸽子当然是婉辞，事实上，赫拉巴尔是因为对孤独晚境的厌倦而选择了自杀。

小说家米兰·昆德拉称赞赫拉巴尔"是我们这个时代最了不起的作家"。赫拉巴尔的小说大多描写默默无闻、被抛弃在时代垃圾堆的人。一个在废纸收购站工作了35年的打包工汉嘉，把珍贵的书从废纸堆中挑出来，藏在家里，藏在脑中。他狂饮啤酒，啃噬书本里的思想，从一无所知的青年变成满腹诗书的老人。《过于喧嚣的孤独》完稿于1976年，无法问世，只得放在抽屉里，迟至1989年才由捷克斯洛伐克作家出版社正式出版。赫拉巴尔住院的时间是1996年12月4日，一个寒风凛冽的日子。他住的六楼病房外有着奇特的景色——

忧郁、灰暗、朦胧的寒空。他坠亡的时间是 1997 年 2 月 3 日。

初到布拉格,我被它造型奇崛的楼群所魅惑,它们样式多元:罗马风格、哥特风格、文艺复兴风格、巴洛克风格、新古典主义风格,乃至共产主义风格。我迷恋它迷宫般的街道和清洁透明的空气。湛蓝如宝石的天空漂浮着洁白如轻烟的流云,红白蓝绿不同颜色的有轨电车不时从街道中心穿过。布拉格是一座色彩明丽的城市,橘黄、橙红、青蓝、乳白、蓝黑的房屋交错而建,行走在街道之间如同行走在童话世界。

每个人的内心都有一座梦想之城,对我而言,布拉格就是。它绮丽而明艳,自由而安详,具备人类宜居的所有特点。走在布拉格城区,脚踩泛着幽光的卵石,穿行在清寂的迷宫般的街道,我被这座城市的气质所感动。

布拉格有各种美誉——"神奇之城""镀金之城""百塔之城""东方巴黎"。置身色彩绚丽的城市街头,远眺如童话中古堡般的楼群,凝视它的奇异样貌,对这些赞美便有了更多的体会。拥有 120 万人口的布拉格,原是波希米亚地区首府,自 1993 年 1 月 1 日起成为捷克共和国首都。伏尔塔瓦河缓慢而雍容地从城市中心流过，海鸥在河面飞舞，群鸟在水中嬉戏，邮轮在河上驶过，一派安宁与祥和。

在布拉格旅行，徒步是更好的体验方式。这不是我的生活之地，除了更细致地观察和更真切地体会，我不知道还能做什么。沉思是我习惯的心灵运行方式，而旅行是与自我对话的机会。每当决定不乘坐出租车而是徒步前往目的地时，我就会对自己说："你踏上的土地是此生难有机会再来的，所见的景观也是此生难再亲见的，唯有打开感官，去铭记，去体会。"

2

布拉格旧市政厅里的天文钟成为人们观赏的珍奇。每到整点，游人都会聚集在市政厅的钟楼下。某个黄昏，我也挤在人群里望着古老的天文钟，等待钟声敲响的时刻。

这座建于1338年的天文钟，充满传奇。在天文钟的周围有四个偶像，它们的样貌和神态分别代表15世纪布拉格人的内心境况：带着镜子的是虚荣心，带着钱袋的是贪婪，骷髅代表死亡，土耳其人则作为异教徒入侵的样貌出现。整点时分，死亡之铃敲响，沙漏倒转，十二名使徒经过天文钟上面的窗户，向聚集在钟楼下的人群点头致意。最后公鸡鸣叫，钟声敲响，我仿佛触摸到布拉格的时间流逝。

从伏尔塔瓦河左岸向西，可见密集成排的尖顶、塔楼和宫殿，宛如童话中的城堡。这就是布拉格城堡，当今世界上最大的城堡，占地面积7.28公顷。城堡是捷克历代君王的住所，也是国家元首的官邸，兴建于9世纪。由博日沃伊王子主导的这座府邸工程开启了布拉格城堡的历史。

在通往布拉格城堡的斜坡上，可以看到年轻的大提琴手在演奏，布拉格的音乐家们将这里作为他们的演出地。当然，一路上还有摇滚音乐、民族音乐的表演者。

布拉格城堡分为三个庭院，第一庭院坐落于城堡正门的城堡区广场，两侧是巨大的巴洛克王宫。沿着布拉格城堡鹅卵石铺就的道路，可以看到皇宫的文物和珍宝博物馆，布拉格历史博物馆也在这里。远处的查理大桥则是这座城市的象征。它连接着布拉格老城与马拉斯特拉纳新城。建于1357年的查理大桥，经历500年的风雨侵蚀和伏尔塔瓦河的风浪冲击，依然屹立。桥长516米，宽10米，由16个桥墩支撑，两座高大的塔楼分立两端。登上塔楼便可俯瞰查理大桥及城堡全貌，美丽的布拉格尽收眼底。

作为布拉格城市防御体系的一部分，查理大桥的桥栏相互对称，分列雕刻有30座巴洛克风格的艺术品。这些取材于《圣经》的雕塑神态逼真，细节精微，让这座古老的石拱桥成为"露天博物馆"。这里是世界文化地标，艺术家们在此演出，画家们在此作画。

沿查理大桥走过两条街就可以看到一面墙，有摇滚歌手在这里演唱。1980年12月8日，约翰·列侬遇刺身亡，他成了众多捷克年轻人的精神偶像。法国驻捷克大使馆的对面有道墙，人们可以看到约翰·列侬的画像，还有政治涂鸦和披头士的歌词。尽管反复粉刷，还是不能保证墙壁的清洁，约翰·列侬墙因此成了捷克青年人的聚集地。一些捷克音乐家因为在这里演唱抗议性歌曲而被捕，但更多的青年还是会在此聚集。

不同于通常的城市广场，瓦茨拉夫广场更像是宽阔的林荫道，这是我到达布拉格第二天前往的地方。天空沉积着铅色的浓云，空气里有微凉的风，走过一条清幽的长街，转弯就看到一条倾斜而上的坡道，坡道尽头有一座新文艺复兴建筑风格的大楼——国家博物馆。瓦茨拉夫是10世纪的波希米亚公爵，是一位和平主义者，享有圣诞颂歌里"好国王瓦茨拉夫"的美誉。瓦茨拉夫广场最初是中世纪的一个马匹交易市场，后来成为布拉格民众公共集会的重地，见证了一个世纪的历史风云。

布拉格广场很少看到警察，这里常有街头音乐家的表演，还有各种杂耍艺人包括人偶的表演。游人们在广场席地而坐，悠然地观看各种表演。成群的鸽子或在广场飞翔，或在地上觅食嬉戏，很少受到惊吓，更没人伤害它们。在广场或街头，任何人群密集的地方都能看到人的自由和安然，这是一座城市真正的文明所在。

然而，布拉格能享有今日自由的荣光是一代政治精英奋斗的结果。

我曾访问过美国爱荷华大学国际写作中心创办人聂华苓女士，听她讲过1968年捷克的故事，这也是哈维尔的故事。哈维尔早年毕业于美艺学院戏剧系，先后当过舞台技师、电工、字幕校审员、剧作家、助理导演，20岁起在文学和戏剧杂志上发表作品，后成为知名剧作家。其时,哈维尔的剧作《备忘录》赴美演出受到欢迎。同年,聂华苓邀请哈维尔到爱荷华,计划九月成行。然而在八月间,苏联军队开进布拉格,当时身在纽约的聂华苓在收音机里听到消息,立刻打电报给哈维尔,催他和家人赶快来爱荷华,机票已寄到他指定的地点。然而哈维尔迟迟没有音讯,捷克也与外界隔绝。后经多方打探,知道哈维尔已转入地下,他的戏剧在捷克被禁演。后来,哈维尔被捕,而聂华苓在"五月花"公寓为哈维尔订好的房间一直空着。

3

"人生没有安慰或尊严或高尚的承诺,在它面前我们唯一的责任——难以言明且难以实现,但毕竟是一个责任——是不对我们自己撒谎。"这句话是我深爱的南非作家库切说的。我以为这句异国箴言也指出了我昔日幽暗生活的真相,然而在深邃的黑暗中,卡夫卡真实地带给我内心的慰藉。少年的我,没有机缘也没有能力触及神明的存在——那种来自宇宙中创世力量的启示。然而我看见卡夫卡,这个生活在奥匈帝国时代也即昔日布拉格的人，这个形容瘦削眼神忧郁患有严重肺结核与父亲关系紧张缺少异性温暖的男子，又是那样坚韧而强悍地活着，没有什么力量能阻止他的写作。

1883年7月3日，卡夫卡出生在旧城广场北边的平房，1885年5月，卡夫卡一家搬至维斯拉斯广场56号。1897年此栋平房发生火灾，后被拆除修整。今日所见的卡夫卡出生的房子，只保留了原平房的大门，其余部分则重建成新巴洛克风格的大厦。

在布拉格期间，我带着城市交通图徒步在街头。我寻找哈维尔的遗迹，寻找赫拉巴尔的遗迹，更多的时候是在寻找卡夫卡的遗迹——从他的出生地，到就读的学校和工作的保险公司，以及犹太公墓。然而最令我好奇的是黄金巷22号。

黄金巷是布拉格城堡的一个异类区域。城堡更多的是王宫和皇家园林，而黄金巷是平民聚居之地，是守卫城堡的士兵的营房。沿着狭窄陡峭的阶梯走上绵延数百米的营房，可以看到陈列在昔日营房的盔甲铁衣，看到长矛和各种枪械，还有守卫城堡的瞭望孔。黄金巷也是炼金师居住的地方，幽深荒僻的地下室陈列着炼金师的各种工具和他们的床榻，兽皮制作的地毯给这里的主人平添了神秘气息。我对黄金巷的好奇，还在于这里曾经是卡夫卡借居过的地方。

黄金巷22号，一幢被漆成淡蓝色的房屋，是卡夫卡最小的妹妹奥特拉的住所，卡夫卡在这里写下了小说《乡村医生》和《中国长城建造时》。遗憾的是，这里除了卡夫卡的照片，没有留下任何遗物。

我到黄金巷时突遇一场暴雨，雨幕顷刻间将游人驱散。被雨水清洗过的街巷泛着幽光，道路之间积水横流。为躲雨，我走进街巷尽头的一家老电影收藏馆。那里的电影放映机自动播放黑白电影，讲述卡夫卡与布拉格老城的故事。黑白影像映现出布拉格昔日的昏暗、凋敝和没落，城市里的人如同幽灵般闪现。

卡夫卡曾带给无数人慰藉，在他活着的世纪，以及他远去的世纪。

我最早是在矿井下阅读卡夫卡的。一本32开黄色封面的《卡夫卡寓言与格言》，1987年在矿区一家书店花9毛钱买的，这本书伴随着我早年矿工生活的幽暗时光。

"写作作为祈祷的方式。"我莫名地喜欢卡夫卡这句写在日记里的话。就像法国作家让-菲利普·图森所说：

"卡夫卡,每天晚上都坐在书桌前,等待激情推动他去写作。他对文学有这种信仰,而且只相信这一信仰('我不能也不愿成为任何其他人'),于是,他每天晚上都想着这一无法企望的美事降临到他身上:写。"

我熟悉卡夫卡的这些格言。比如"他们从黑暗中来,也将遁失于黑暗",这句话我在写作随笔《黑暗中的阅读与默诵》时曾作为题记;比如"真正的道路在一条绳索上,它不是绷紧在高处,而是贴近地面。它与其说是供人行走的,毋宁说是用来绊人的",我让这句格言出现在我的长篇小说《我的神明长眠不醒》中。

少年时,因为我有写作能力而得以离弃黑暗与不义丛生的生活。我铭记着德国作家克劳斯·曼在卡夫卡《失踪者》后记中的话,仿佛那也是写给我自己的箴言:

> 你必须在这里继续写作、沉思和祈祷,寻找上帝并敬畏祂……你必须在这里忍受宗教迫害之妄想的折磨,必须把你持续的苦恼转化为脆弱美丽的澄澈散文。你必须在这里服役并死亡,最终赢得那顶阴暗的冠冕——你自身毁灭的黑暗荣光。

图书在版编目（CIP）数据

无与伦比的觉醒 / 夏榆编. — 南京：南京大学出版社，2022.11
ISBN 978-7-305-25640-0

Ⅰ. ①无… Ⅱ. ①夏… Ⅲ. ①随笔－作品集－中国－当代 Ⅳ. ①I267.1

中国版本图书馆 CIP 数据核字（2022）第 063446 号

出版发行	南京大学出版社
社　　址	南京市汉口路 22 号　邮　编　210093
出 版 人	金鑫荣
书　　名	**无与伦比的觉醒**
著　　者	夏　榆
责任编辑	陈　卓
书籍设计	周伟伟
印　　刷	南京爱德印刷有限公司
开　　本	787×1092　1/32　印张 8.375　字数 136 千
版　　次	2022 年 11 月第 1 版　2022 年 11 月第 1 次印刷
ISBN	978-7-305-25640-0
定　　价	52.00 元
电子邮箱	Press@NjupCo.com
网　　址	http://www.njupco.com
官方微博	http://weibo.com/njupco
官方微信	njupress
销售热线	025-83594756

版权所有，侵权必究
凡购买南大版图书，如有印装质量问题，请与所购图书销售部门联系调换